PINGOS DE SANGUE NO PLAY

PINGOS DE SANGUE NO PLAY

Ana Maria Moretzsohn

ROCCO
JOVENS LEITORES

Copyright© 2011 by Ana Maria Moretzsohn

Direitos desta edição reservados à
EDITORA ROCCO LTDA.
Avenida Presidente Wilson, 231 – 8° andar
20030-021 – Rio de Janeiro, RJ
Tel.: (21) 3525-2000 – Fax: (21) 3525-2001
rocco@rocco.com.br
www.rocco.com.br

Printed in Brazil/Impresso no Brasil

COORDENAÇÃO EDITORIAL
Ana Martins Bergin

PREPARAÇÃO DE ORIGINAIS
Alice Bicalho

PROJETO GRÁFICO
Ana Paula Daudt Brandão

CIP – BRASIL. CATALOGAÇÃO NA FONTE
SINDICATO NACIONAL DOS EDITORES DE LIVROS, RJ

M844p   Moretzsohn, Ana Maria
    Pingos de sangue no play / Ana Maria Moretzsohn. –
Rio de Janeiro: Rocco Jovens Leitores, 2011. 13,7 x 20,7 cm

ISBN 978-85-7980-084-9

1. Ficção infantojuvenil brasileira. I. Título.

11-3558.   CDD: 028.5   CDU: 087.5

Este livro obedece às normas do Acordo Ortográfico
da Língua Portuguesa.

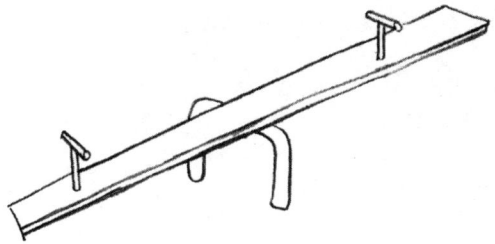

Para minha primeira neta,
Bruna Luz, que ainda nem
nasceu, mas que, aposto,
será grande amiga dos livros.

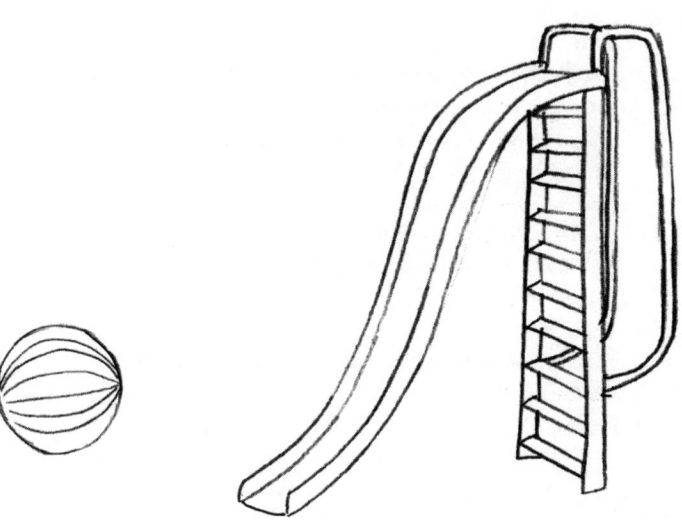

Prólogo

Domingo, já escurecendo. Eu estava sentada num brinquedo do playground do prédio. Claro que não estava brincando. Play é para crianças. Tinha vestido minha calça jeans nova e um top curtinho. Saí de casa com uma camiseta por cima, pra cobrir, senão minha mãe ia dar chilique. Pois é. Tava lá, esperando o Corvo chegar. Corvo não é nome, lógico. O nome dele é Luís Augusto. As meninas falam que é muito careta. Eu acho lindo. Nome de príncipe. Mas não chamo ele assim nunca. Quer dizer, não chamo de príncipe nem de Luís Augusto. Não pago esse mico. Então eu tava esperando o Corvo, sentada na camiseta que eu tinha tirado e colocado em cima de um brinquedo de plástico. Era um escorrega azul, com areia embaixo. Do lado do escorrega tem um piso de pedra, meio creme. Impaciente, peguei meu celular pra ver se ele tinha mandado torpedo, porque ele já tava meia hora atrasado. Foi um saco conseguir sair de casa e eu estava com medo de tomar um perdido. Minha mãe tava "p" da vida porque eu não estudei nada para as provas, que começam esta semana. O celular iluminou tudo e eu vi uma coisa estranha no piso claro. Achei que tinha deixado cair uma bala daquelas com chocolate dentro e colorida por fora. Bala vermelha.

Aí acendi a lanterninha do celular. Iluminei e estendi a mão para pegar a bala. Eca! Meu dedo voltou molhado, melado, grudado. Que nojo, que nojo!!! Eu precisava achar um lugar pra lavar a mão, antes do Corvo chegar. Aí eu vi que tinha mais, muito mais do que eu tinha achado que era bala... eram muitos, muitos, muitos pingos daquela coisa grudenta... e vermelha. Meu pai fala que a curiosidade matou o gato... mas eu não aguentei e fui seguindo os pingos... e foi aí que vi o nosso porteiro atrás do pula-pula. No chão, paradão, branco... com a camisa suja. De novo minha lanterninha do celular ajudou. A camisa tava suja de vermelho no peito. O seu Bombinha imóvel e mudo. Eu não consegui correr, nem gritar. Fiquei ali, estatelada, imóvel e muda feito ele. De repente alguém me agarrou por trás e eu gritei, reagi e dei uma cotovelada no olho do... Corvo. Ele viu o porteiro, gritou, eu berrei, chorei, ele me segurou com força e disse pra eu me acalmar, porque a gente precisava contar pra alguém que tinham matado o seu Bombinha.

Depois que a gente já estava em casa – cada um na sua, lógico – e a confusão rolando lá embaixo com polícia, moradores histéricos, dona Lurdinha, mulher do seu Bombinha, chorando feito louca, começou o interrogatório da minha mãe. "O que você estava fazendo lá sozinha com aquele garoto?" "Falou que ia na casa da Manu, não falou?" "Tá mentindo, tá inventando." "Boa coisa não foi fazer lá!" "Maria Ângela, você não vai me responder?" Não adiantou eu dar uma de traumatizada, berrar que tinha acabado de achar um morto, que, com aquela imagem na cabeça, nunca mais ia dormir. Quando o papai resolveu me defender, dizendo que talvez fosse melhor esperar até amanhã para... ela cortou no ato. Como se eu não soubesse o tamanho do problema quando ela me chama por esse nome ridículo... só é pior quando junta o sobrenome: Maria Ângela Nogueira Martins. Sabem o que ela falou? "Se acham que eu estou pressionando e interrogando, esperem só até ela responder as perguntas da polícia." Fiquei com um frio na barriga – aliás, no corpo todo –, tive calafrio e corri pro banheiro. Nojo, nojo, nojo... vomitei o cachorro-quente do lanche, junto com refrigerante e ketchup. Ficou tudo vermelho. Socorro! Nunca mais uso essa cor.

    Dei pra minha mãe a versão light do que eu estava fazendo no play. O Corvo.

– Corvo, Corvo... isso é nome de gente???

– Não, mãe, é apelido como o meu, Nena. É assim que a gente se trata no século 21. É mais fácil pra assinar torpedo, colocar na agenda. Corvo é porque o cabelo dele é muito preto. O Corvo ficou de me levar um CD que gravou. Eu precisava dele pra segunda-feira no colégio.

Só tinha aquele horário. Se falasse o que era, você não ia deixar, ia mandar estudar.
– E por que ele não trouxe o CD aqui na sua casa? Era só entregar pra qualquer um, ou até podia deixar com o porteiro.
– Mãe, o porteiro tá morto, esqueceu?
Aí o papai tomou uma atitude, não sei se por minha causa ou se porque iam começar a mostrar os gols na televisão.
– Nena, vai dormir! Amor, amanhã a gente tem que levar ela na delegacia, ela tem aula de manhã.
Eu interrompi e, rapidamente, acrescentei:
– E a prova?
– Vamos adiar esse papo.
Eu corri pra dentro. Foi quase! Como é que eu ia explicar pra minha mãe que o Corvo era meu namorado? Que a gente tinha acabado de começar a namorar, que eu achava que iam rolar uns beijos no play? Treze anos, quase catorze, eu queria um beijo de verdade. Todas as minhas amigas já tinham beijado na boca, menos eu. Eu era BV! Que vergonha. Em vez de abraço, eu fui agarrada pelo Corvo com um golpe de judô, pra não ficar histérica. Em

vez de beijo, ele ganhou uma cotovelada. Domingo de noite, no play. Eu achava que ia ser um final de dia perfeito, um sonho careta de amor. Mas terminou em sangue. Pro seu Bombinha, terminou bem pior.

Capítulo 1

Foi uma guerra conseguir fazer a prova de inglês. A turma estava agitada e tentava me mandar bilhete, já que os celulares eram proibidos dentro da classe. Virei celebridade e, logo depois, a garota mais metida da escola. Tudo porque eu não falei o que aconteceu, como aconteceu, onde aconteceu. Poxa, meu padrinho é advogado e a polícia deixou bem claro que eu era testemunha, eu tinha encontrado o... corpo... tadinho do seu Bombinha. Virou o corpo, o cadáver, o sei lá o quê! Aí fiquei brincando, dizendo: "Não tenho nada a declarar." Até minhas amigas me chamaram de ridícula. Fiquei passada, mal mesmo,

vermelha, com vontade de chorar, até que...
o Corvo apareceu e me salvou. Colocou o braço no meu ombro e falou que a gente ia primeiro falar com a polícia e depois podia contar tudo. Avisou que era pras pessoas me deixarem em paz, porque eu tive uma experiência ruim. Saí dali flutuando, do lado dele, que não tirou o braço do meu ombro. De repente já estava na porta da minha casa, com ele dizendo pra minha mãe que eu precisava descansar e pra não deixar ninguém me aborrecer.
Me joguei no sofá e fiquei lá, sem coragem de ficar contente com o que minha mãe tava dizendo. "Que rapaz simpático e educado, foi muito cuidadoso com você. Ele mora em que andar, mesmo? É filho daquele engenheiro que também tem o cabelo preto? Acho que conheço a mãe dele, ela não faz ginástica lá na..."
Ela só parou de falar quando viu que eu tava chorando. Quer dizer, soluçando, berrando, rolando no sofá, como se estivesse com dor de barriga. Não sei o que me deu. Aliás, sei sim. Me deu uma pena danada do seu Bombinha, da mulher dele, do filho dele, que é casado e mora em São Paulo, e até da neta, que só tem

dez meses, mas já não tem avô. Fiquei lembrando que seu Bombinha não se cansava de me deixar entrar pela frente, mesmo quando eu voltava da praia, porque dizia que eu era tão cuidadosa que nem um grãozinho de areia trazia. Fiquei lembrando que ele pegava minha mochila, às vezes, e dizia que eu ia prejudicar a coluna, que não devia carregar tantos livros, que era pra pedir pra minha mãe uma mala de rodinha. Fiquei com remorso, porque ria dele no elevador, com minhas amigas: será que seu Bombinha não sabia que só gente do ensino elementar carrega mala de rodinha? Tadinho, tadinho, tadinho. Ele era legal e tava morto. Depois de muito carinho, chá e bolo, minha mãe conseguiu me fazer parar de chorar. Eu expliquei que tava achando que, se fui eu quem encontrou o seu Bombinha, eu era responsável. Minha mãe fez mil discursos e desvios, mas eu nem ouvi. Ela não tinha entendido o que eu queria dizer. Eu era responsável, sim. Eu tinha obrigação de ajudar a encontrar o culpado pela morte do nosso porteiro.

    Fiquei muito nervosa na delegacia. Primeiro, porque o Corvo estava lá, com os pais dele.

Claro que o pai dele era o engenheiro de cabelo preto, mas a mãe não fazia ginástica, não. Era uma executiva e tinha personal que ia no escritório. Achei chique. Gaguejei muito pra falar. Principalmente quando a polícia perguntou o que eu estava fazendo lá. Comecei a repetir a história do CD que o Corvo ia gravar, mas ele me interrompeu e disse, curto e grosso:

– Ela tava me esperando. A gente é namorado.

Não sei quem ficou mais chocado, eu ou minha mãe ou os pais dele. Meu pai ficou espantado, mas eu vi que gostou da atitude do Corvo. O delegado riu, olhou as anotações e comentou:

– Catorze anos. Tá na idade de namorar.

Minha mãe murmurou:

– Treze, ela tem treze.

E meu pai falou que faltavam dois meses para eu fazer 14 e que ainda bem que nós estávamos namorando no play e não em algum outro lugar escondido. A mãe dele comentou que, claro, o play é um lugar seguro, só que de vez em quando acham um cadáver por lá. Minha mãe ficou superofendida com a ironia da dona Corva-mãe. Eu vi e tive certeza de que isso não ia ser nada bom pra mim. Pro Corvo. Pra nós. De algum lugar lá dentro de mim, puxei uma vozinha fraca e declarei:

— Eu quero ajudar a achar quem fez isso com seu Bombinha. Ele era uma pessoa legal, não merecia morrer num domingo no chão do play.

Por educação, os adultos resolveram não comentar muito sobre o namoro dos "jovens filhos". Pelo menos na frente do delegado a gente estava seguro. O máximo que conseguiam, ou melhor, que minha mãe conseguia, era lançar aquele olhar telegráfico que dizia "você vai me explicar isso tudo em casa e eu não vou deixar barato". Respondi tudo direitinho, o que estava fazendo, o lance do celular e da lanterninha dele, até a chegada do Corvo. Corvo explicou o resto e, com isso, nós fomos liberados. Mal sabíamos que dias de desgraça iam se espalhar pelo condomínio e por todo mundo que morava lá.

Em frente à delegacia havia uma lanchonete, e foi pra lá que nossos pais nos levaram. Ficamos sentados, um ao lado do outro, em frente aos quatro pais... bem pior do que um delegado. Tivemos que nos comprometer a não namorar até as provas acabarem. O cúmulo do cinismo. Depois começavam as férias. Eu ia pra casa da minha avó, na Bahia, logo depois do Natal, e o Corvo ia fazer um curso de inglês no exterior. A gente sacou tudo. Eles queriam adiar até depois das férias, pra ver se a gente esquecia... ou desistia. Muito bobos esses pais. Eles não sabem que, longe, o amor cresce mais depressa e aí não dá tempo de desistir. Corvo e eu nos olhamos e uma mágica aconteceu! Nós respondemos exatamente a mesma coisa, complementando frases. "Tá bom – a gente não vai ter tempo mesmo – eu fiquei muito abalada – essa história de compartilhar um cadáver – acaba o romance." Saímos dali em carros diferentes e, não passaram dez minutos, já veio o torpedo: "Hoje, depois do judô, na casa da Pati." Respondi rápido, teclando em silêncio: "Tá bom."

Respirei fundo. Minha mãe olhou pra trás e me jogou o olhar "não sei se tô acreditando". Fechei os olhos pra ela não ler neles a alegria por ter o Corvo na minha vida.

Capítulo 2

Na hora em que o Corvo faz judô eu tenho aula de violão com a Pati. Voltamos juntas pra casa dela. A Pati é minha BFF e, a essas alturas, já sabia de tudo, tudinho mesmo, com detalhes. Ligou pra minha mãe com aquela vozinha de sonsa que gosta de fazer. "Tia, deixa a Nena lanchar aqui comigo? Ela está tão tristinha por causa do seu Bombinha. Claro, claro que eu vou com meu irmão levar ela aí. Depois da novela. Não, tia... não tem problema, a prova é de português, a Nena só tira dez e é a melhor em redação. Aliás, eu vou até tirar umas dúvidas, porque eu tô mais ou menos na matéria... Tá, tia, brigada, você é legal. Beijão. Pro tio também." Falei pra Pati que ela era TDB e me sentei, nervosa, pra esperar o Corvo. Pati foi pra cozinha descolar lanche pra gente. Avisaram pelo interfone que o Corvo tava subindo. Juro! Meu coração subiu galopando pela boca, e eu tive que engolir rápido, pra ele não pular fora!!!

Frente a frente com o meu namorado, eu fiquei sem graça, boba, ridícula. Ele me deu um abraço. Abraço mesmo, comprido e demorado, e eu tive vontade de rir, chorar, sei lá. Aí ele tirou uma coisa do bolso e me entregou. Eu fiquei olhando, com cara de boba. O que era aquilo? Ele respondeu:

– Seu prendedor de cabelo.

Eu senti uma coisa verde se espalhar pelo meu corpo. Um monstro que chamam de ciúme. E encarei o Corvo, falando com a voz mais fria que consegui inventar:

– EU NÃO USO PREGADOR.

Ele me olhou, com cara de sonso.

– Mas achei no chão do play, perto do corpo do seu...

Aí vi que a cara dele era de anjo, e não de sonso! Parece que, afinal de contas, tínhamos conseguido uma pista – a primeira – do bandido que matou nosso porteiro.

O Corvo achou que eu estava ficando maluca. Não conseguia acreditar que eu podia acreditar que alguma menina tivesse matado o seu Bombinha. Na verdade, eu também estava descrente, mas a verdade é que, se o pregador estava ao lado do seu Bombinha, então uma menina devia ter perdido ele lá. E não adiantava dizer que foi antes, porque o play era varrido todos os dias às cinco da tarde e o faxineiro, metido a engraçadinho, colocava num nicho, na portaria, uma fila de coisas que tinha encontrado ao varrer. Portanto, o pregador, que era ridículo – um nó cor-de-rosa cheio de purpurina –, pertencia a alguém que esteve no local do crime.

Pati disse que eu estava me "sentindo" a detetive e que, se eu achava que aquilo ali era uma prova, devia levar pra polícia. Claro que eu me recusei! Se eles dois estavam rindo de mim, imagina o que os policiais iriam pensar. Esse mico eu não ia pagar, de jeito nenhum. De repente, no meio de uma mordida no sanduíche natural, o Corvo teve uma ideia que começou a explicar ainda com a boca cheia e depois calou, sem graça. Aposto que a mãe dele vive azucrinando… "não fala com a boca cheia!", feito a minha e a da Pati e todas as mães que eu conheço e, provavelmente, todas as que eu não conheço também. Ele engoliu tudo e aí sugeriu que nós deixássemos o pregador lá na portaria, junto com as coisas encontradas no play, e ficássemos de olho pra ver quem pegava. Achei a ideia boa, mas, além de mim, dele e da Pati, precisávamos encontrar mais alguém pra vigiar, pra poder dividir o tempo e não chamar atenção. Imagina um de nós parado o tempo todo na portaria, o que iam achar? Portaria é lugar por onde a gente passa e bem rapidinho. Ninguém fica lá de bobeira.

Pati achou tudo uma bobagem. Um pregador rosa purpurinado devia ser de uma garotinha de dois anos que, certamente, não era uma criminosa. Mas, como amigo é pra todas as coisas, boas e ruins, ela disse que tava dentro e ia fazer o que eu pedisse. Afinal, se nós achássemos o culpado, íamos virar "os caras"!

Liguei pra Manu, que não morava no prédio, e pedi pra ela ir até a casa da Pati. Tinha assunto sério pra conversar. Manu também era minha BFF e tinha ciúmes da Pati. E vice-versa. Uma achava que eu era mais amiga da outra e, por isso, as duas eram meio inimigas. Vai entender! Mas Manu ficou eletrizada com a história toda. Adorou ser incluída, ficou me fazendo caras e bocas, pelas costas dos outros, e apontando o Corvo – ainda não tinha tido tempo de contar pra ela que nós estávamos namorando, mas, como ela sabia que eu gostava dele... Bom, mas isso não é bem uma história de amor.

Fizemos os turnos e, no dia seguinte, que era sábado, começamos a vigiar a prateleira dos achados e perdidos, na portaria, onde eu coloquei o pregador meio escondido, pra não chamar atenção. No turno dela, Pati puxou o pregador bem pra frente. Corvo, quando chegou, fez uma fila de pregadores e o "nosso" era o último. Manu – a sem noção – colocou ele bem destacado e afastado do resto das coisas. Fora esses probleminhas e as discussões que rendiam, na troca de turnos, a vigilância correu bem. No final do dia nos encontramos na casa do Corvo para trocar informações. Para fins de organização fizemos uma lista de possíveis suspeitos.

Claro que ninguém havia levado o pregador, mas muita gente chegou a segurar a "prova purpurinada". Além disso, vários moradores tiveram atitudes suspeitas com relação à morte de seu Bombinha. Isso nos levou a incluir eles na nossa lista.

No meu turno, a primeira pessoa que parou na portaria foi a dona Idalina. Ela é moradora do 902 e mora só com o filho, que trabalha pro governo, e vários gatos. Dona Idalina já nasceu suspeita. Ela perturba todo mundo. Acha que os gatos têm direito a brincar no play com as crianças. Só que todas as crianças detestam os gatos – eles arranham. Além disso, é proibido, porque eles fazem xixi na caixa de areia e minha irmã pequena até pegou micose. Bom, dona Idalina desceu e começou a reclamar com Raul, o faxineiro. Como ainda não tiveram tempo de contratar outro porteiro, ele está cobrindo os horários do seu Bombinha. O Raul é gente boa pra caramba. Mora lá em deus me livre, conta que já foi "surfista de trem" – aqueles malucos que ficam em cima do trem quando ele está andando. Aí ele caiu e machucou a perna. Ficou manco e resolveu tomar juízo. Dona Idalina começou reclamando que a luz do hall do apartamento dela estava queimada. Raul explicou que o serviço estava atrasado, por falta de porteiro-chefe, e que estava cobrindo o horário do falecido. Dona Idalina, irritada, abraçada a um dos gatos, disse que iam querer colocar taxa extra pra pagar o enterro, que ela ia conversar com o filho, que trabalha no governo. Ela adora dizer que o filho trabalha no governo. Fala com a boca cheia e a bochecha inflada. Grande coisa. Bom, aí ela disse que Izildinha — a gata — tinha perdido a coleira e foi procurar na prateleira. Olhou, olhou, pegou um pregador, colocou no pelo da Izildinha e fez careta. Aí passou o olho pelo "nosso" pregador e estendeu a mão. Recolheu a mão, rapidamente, e saiu sem olhar pra trás. Corvo afirmou que não só ela era suspeita, como devia estar na cabeça da lista. Isso porque, no turno dele, só passaram homens pela portaria e o único que parou para olhar os achados e perdidos procurou, procurou alguma coisa, não achou e foi embora. Ah, foi o João Miguel, que trabalha com automóveis. Vende, eu acho. Ele é muito nervoso e recentemente foi assaltado. Ficou mais nervoso ainda! A mulher dele é muito boazinha e eu, às vezes, tomo conta das filhinhas deles – gêmeas de quatro anos – pra eles irem ao cinema. Recebo um dinheirinho bom, que estava juntando pra comprar uma sandália, mas que agora vou usar pra comprar um presente pro Corvo – o aniversário dele é no mês que vem. Ah, o João Miguel entrou num táxi com malas e foi pro aeroporto. Viagem de trabalho, ele me falou.

Como no turno da Pati aconteceu uma coisa esquisitíssima, a dona Idalina perdeu o primeiro lugar na lista de suspeitos. Pati estava afobadíssima e contou tudo num fôlego só. Eu insisti que era melhor levar um caderninho e anotar, mas ninguém fez isso. Só eu. Daí, as histórias eram todas meio confusas. Pati falou que a família TV desceu e parou pra procurar um fone de ouvido do filho mais novo na prateleira. A família TV – a gente chama eles assim porque fizeram um comercial na televisão: o pai, a mãe, a filha de 15 anos, Suely, muito metidinha, que se acha "a modelo", e o garoto, que é meio tímido e tem 11 anos. Bom, pro-

cura que procura, a Suely pegou o pregador.
O irmão disse que não era dela. Começaram a
bater boca, aquela coisa de irmão:
— Tá roubando.
— Não tô. É meu.
— Não é.
— Você não conhece minhas coisas.
— Conheço.
— Então tá remexendo no meu quarto. Mãe, o Júnior tá entrando lá quando eu estou na escola, remexendo tudo.
— Eu não tô nada. Mas nunca te vi com esse pregador.
— Vamos parar com essa briga ridícula.
A última frase foi do pai. Aí os dois ficaram quietos e saíram da portaria. Os pais ficaram um culpando o outro pela briga dos dois filhos, aquela coisa de marido e mulher:
— Você não educa, tá vendo?
— E você tá sempre no trabalho e deixa a pior parte pra mim.
— Se quiser eu largo o trabalho, a gente vai viver de quê?
— Você passa a mão pela cabeça dele e o meu filho...

— O seu filho? E ela é filha do vizinho, por acaso? Aí a mãe foi até a prateleira e pegou o pregador cor-de-rosa como se fosse uma arma. O pai mandou que ela colocasse de volta, com voz de mau. Ela colocou e os dois saíram. Se isso não é ser suspeito, eu não entendo nada de investigação e nunca vou achar o responsável pela morte do seu Bombinha!

Capítulo 3

A gente ficou muito tonto, quando a Manu contou o que ela viu. Pra começar, viu o síndico andando pra cima e pra baixo, reclamando com o faxineiro Luisão, um cara meio bobo, mas enorme. Sempre tive muita pena do Luisão. Ele cresceu demais – minha mãe disse que aquilo era doença – e ficou com voz fina. O Luisão gosta muito de bichos e crianças. Dos bichos ele até consegue cuidar, fazer carinho... mas as crianças... é só ele aparecer que as mães e babás recolhem todas e desapareçem. Quem vê cara não vê coração. Um dia o Luisão bem salvou um moleque de cinco anos que ficou amassado entre um carro e uma bicicleta, na garagem. Luisão empurrou o carro na mão, tirou as hastes da bicicleta uma a uma, com o maior cuidado, enquanto dizia pro moleque, com sua voz fininha, que era pra ele não chorar, que ia ficar tudo bem... Aí carregou o moleque no colo e entregou nas mãos da mãe histérica, que nem agradeceu. Detalhe: foi ela que deu ré e "atropelou" o filho. Seu Nabuco, o síndico, gosta muito do Luisão, mas, segundo a Manu, naquele dia não deu mole. Reclamou de tudo, mandou varrer o pátio três vezes, gritou que a garagem tava uma bagunça e que queria que tirassem aquelas porcarias todas da portaria. As porcarias todas eram os "achados e perdidos". O Luisão recolheu tudo, colocou numa caixa e, a mando do síndico, foi jogar no lixo!!! Aí a Manu deu uma de heroína, foi atrás do Luisão e resgatou o pregador, a única pista para encontrar o assassino do seu Bombinha. Abraçamos e beijamos a Manu e dissemos que ela era o máximo. Ela começou a fazer mil cobranças, queria que eu fizesse a redação de história pra ela, pediu pra Pati uma bolsinha jeans que a Pati odeia emprestar. Fazer o quê? Ela tinha salvado a nossa investigação. Ficamos de nos encontrar de novo, à noite, na casa do Pepe, meu vizinho. Ah... é que o Corvo estava cansado de ouvir tanta mulher matraqueando e chamou um reforço. O Pepe agora era nosso investigador especial, porque dominava o computador e, que eu saiba, em toda investigação, o computador é sempre muito importante.

Enquanto nós íamos pelo caminho da inteligência, a polícia ia pelo da força. Achacaram o Luisão, tadinho, que por sorte estava de folga no dia do acontecido e tinha ido pra Niterói, ajudar a madrinha dele a consertar o telhado da casa. A polícia reuniu todos os moradores – os adultos – no salão de festas do prédio e explicou que, infelizmente, todos teriam que preencher uma ficha e, a partir daí, seriam chamados para prestar depoimento. Só faltou isolar o nosso prédio com aquelas fitas amarelas e dizer que era cena do crime... igual nas séries de televisão. Enfim, estávamos todos sob suspeita. O que na verdade era correto, porque quem matou seu Bombinha morava no prédio, ou visitava o prédio, ou trabalhava no prédio...

No dia seguinte e no fim de semana a gente nem pôde se reunir. Estava todo mundo estudando para a prova, e o máximo que conseguíamos fazer era ficar ligados no papo das empregadas, que informavam por onde a polícia andava, quem tinha ido à delegacia, ou seja, davam as manchetes do dia e as edições extraordinárias.

Na segunda feira, depois da prova, a gente foi comer um hambúrguer. A gente, quer dizer, Pati, Manu, Corvo, eu e Béa – a minha irmã de sete anos, que sempre volta do colégio comigo. Tive de prometer várias coisas pra ela não contar sobre a reunião, mas ela jurou ficar longe da gente, nos brinquedos, enquanto nós conversávamos. O Pepe também foi, o que é raro, porque o cara é rato de computador. Claro que o Pepe ficou gravando nossa conversa no supermegacelular dele. Continuávamos com uma micro e ridícula pista, o pregador de cabelo. Precisávamos de mais. Mas como iríamos conseguir? Pati achava que ela podia dar mole pra um policial novinho – que ela dizia ser a cara do Zach Ephron. Viajante a garota, né? Aí o Corvo – sempre ele, que é lindo e é o máximo, e eu diria tudo isso, mesmo que não estivesse apaixonada por ele – deu uma ideia muito legal. Tinha um anúncio do enterro do seu Bombinha no elevador, e a gente tinha de ir. Em muitos filmes os policiais ficam prestando atenção às pessoas que estão no enterro... Acho que tem uma maluquice na cabeça dos assassinos que aparecem nos funerais! Deve ser pra ter certeza de que mataram mesmo o morto! Combinamos que iríamos prestar atenção em tudo e em todos. Dividimos por andares e eu fiquei responsável pelo oitavo, o nono e o décimo. O Pepe colocou no computador os nomes dos moradores e pessoas da família. Alguns nós eliminamos. Vó Lilinha, do 701, era bem velhinha e sua acompanhante, Teté, mais velhinha ainda. Não eram, definitivamente, suspeitas. Os Moraes Bianco, do 503, estavam na Europa e a empregada deles de férias, foram outros que eliminamos. Mesmo com essas eliminações, e algumas outras, ainda ficamos com muitas possibilidades.

Na verdade havia uma tendência no grupo de achar que o assassino era o Jorge Militone. Talvez porque ele fosse antipático, talvez porque a gente achasse que ele era traficante, talvez porque ele vivia recebendo visitas de umas periguetes, talvez porque ele tratava seu Bombinha mal. Pensando bem, ele tratava TODO MUNDO mal. Era um grosso, era feio, era fedido... bom, mas todos concordamos que o fato de detestarmos ele não fazia dele um assassino. Mas que torcíamos por isso... ah, torcíamos. Além do enterro, tomaríamos outras providências à cata de provas.

Eu fiquei com uma incumbência terrível... falar com a viúva, puxar conversa, ver se ela dizia alguma coisa que pudéssemos aproveitar. Claro que ia fazer isso antes do enterro. Achei que podia pedir pra Vavá, que trabalha lá em casa, fazer um bolo de milho e aí levar um pedaço pra dona Lurdinha e cumprir minha incumbência.

Pati insistiu e ficou com a tentativa de puxar assunto com o policial Zach Ephron. Corvo ia conversar com os moradores. Quer dizer, com os homens, na hora do futebol que rolava na quadra coberta do prédio, toda terça à noite. Manu ficou com o pregador, ela o ia usar e ficar andando com ele pelo prédio para ver se alguma criança ou babá o reconhecia. Pepe, claro, ia pesquisar a vida de todo mundo no computador.

O enterro ia ser na quarta-feira e a gente aproveitou que na terça não havia aulas para colocar mãos à obra. A primeira pergunta que fiz pra dona Lurdinha foi: tá gostoso o bolo? Ela disse que tava ótimo e aí eu falei que iríamos ao enterro e tal e coisa. Finalmente entrei no assunto principal, fui falando assim meio misturando assunto, perguntando quem bordou a toalha de prato. Tão linda! O que é que seu Bombinha tinha feito no dia em que morreu, com quem tinha falado. E será que eu podia pegar água na geladeira? Eu confesso que estava seguindo a linha de um seriado de televisão antigo, um que o policial era todo desajeitado. Não conseguia ouvir uma resposta e já entrava com outra, tomava as notas todas uma por cima da outra, pra não perder nada. Jurei que, da próxima vez, ia pegar o gravador do irmão da Pati emprestado. Resumo de tudo: seu Bombinha tava de folga, conversou com alguns moradores – gente que fica em casa só no fim de semana e combina uns consertos e acertos nos apartamentos. Seu Bombinha é "o cara"... ou melhor, era... pra conseguir pintores, encanadores e outros trabalhadores. Dona Lurdinha chorou, porque lembrou que brigou com ele pouco antes de ele sair, a última vez que o viu. É que ele pegou uma flanela dela limpinha e sujou de graxa. E saiu com a flanela enfiada no bolso, ia sujar a calça de graxa também. Anotei isso, sei lá por quê. Na hora em que fiz meu relatório pra turma, depois de passar um tempão tentando entender minhas anotações, fiz um resumo geral. Antes da dona Lurdinha, a última pessoa a conversar com nosso porteiro foi o João Miguel. A única informação nova que consegui foi que seu Bombinha estava muito zangado com o filho da dona Idalina, eles tiveram uma briga na véspera da morte do nosso porteiro. Ah, e, por informação da Pati, descobri que a tal flanela devia ser importantíssima…

Além dessa informação, a Pati conseguiu… ah, mas eu preciso contar como foi que ela chegou no policial Zach. Gente, a Pati é muito doida… é sinistra mesmo. Ela pediu ao pai para ir à delegacia com ele – o pai ia dar depoimento. Mentiu, dizendo que ia fazer um trabalho na escola sobre o assunto. Lá ela deu um jeito de ter um ataque de asma, na frente do policial bonitinho, e o delegado mandou ele dar um refrigerante pra ela e ficar com ela até o fim do depoimento do pai. Pati começou a falar que queria ser policial, tal e coisa, falou que deve ser legal à beça e que tinha a maior admiração pela profissão... Bom, sei lá como, conseguiu extrair do cara várias informações. Uma foi sobre a bala que matou o seu Bombinha. É... fiquei bege, branca, amarela e roxa de inveja. A bala era de um revólver 838. Isso se ela tivesse anotado direitinho e não tudo bagunçado feito eu. Acho que, com essa história de arma, um número trocado deve fazer muuuitaaa diferença. Além dessa superinformação, ela contou que descobriu que a polícia achou uma flanela suja de graxa no bolso de seu Bombinha. A flanela da dona Lurdinha!!! E o João Miguel trabalha pra uma revendedora de carros e às vezes aparece com uns carros diferentes no prédio. Será que algum carro quebrou, será que o seu Bombinha ajudou a consertar e sujou a flanela da dona Lurdinha de graxa? Será que isso tinha alguma importância? Bom, agora estávamos avançando. Além de um pregador, tínhamos uma flanela e o tipo de arma usada no crime.

Detesto armas... nunca vou dar um revólver de brinquedo pra um filho meu. Fiz campanha, na época da votação, a favor do desarmamento. Chorei quando perdemos.

Fui obrigada a ver milhões de fotos de armas e de tipos de bala, quando o Pepe iniciou a pesquisa pra gente saber mais detalhes sobre o tal 838, a arma que matou o seu Bombinha. As informações ficaram na tela, com o sangue escorrendo. ARMA CALIBRE 38, CANO REFORÇADO E VENTILADO (VENTILADO SÓ NOS CANOS DE 6,5 OU 8,3 POLEGADAS), ALÇA DE MIRA REGULÁVEL, COMPENSADOR DE RECUO INTEGRADO AO CANO, PESO 1290G, 1465G E 1625G... só faltava dizer quantas pessoas ela matava!

# Capítulo 4

O enterro. O enterro, gente. Não! Vocês não iam acreditar, se eu não tivesse fotos pra comprovar. O prédio inteiro foi. Quer dizer, quem não estava viajando foi. Até o bandido do Jorge Militone com duas periguetes. A minha irmãzinha – olha só que inocente, tadinha – falou que eram as irmãs dele. Agora vê se dá pra investigar alguma coisa assim. Se os criminosos costumam ir aos enterros... todos os nossos suspeitos foram!!! Eu fiquei passada. A família TV estava lá, toda vestida de preto, uma comédia. Eu vi a mãe dando beliscão nos filhos pra eles pararem de reclamar. A Manu comentou que achou aquilo muito suspeito. É porque ela não conhece as peças direito.

Os detetives à paisana – a gente riu muito deles, achando que estavam disfarçados! Mó cara de polícia, jeito de polícia, papo de polícia. Bom, se eles foram lá pra procurar o assassino, também se ferraram. Resumo: seu Bombinha foi enterrado. Muita gente, eu inclusive, deu uma choradinha de verdade, e voltamos todos pra casa sem saber quem tinha apressado a morte dele.

Esqueci de contar que, durante todo esse tempo de investigação, o play ficou fechado. Não é por nada, não, mas tem gente que não se toca. As mães das criancinhas reclamavam todo dia que os filhinhos não podiam descer pra brincar, que tinham que liberar logo e, antes, lavar bem lavado e desinfetar os brinquedos. Cruzes, bando de gente egoísta e sem sentimento! Não tavam nem aí pro seu Bombinha e, quando ele tava vivo, só queriam que ele abrisse porta e fechasse porta e ajudasse com as sacolas. De qualquer jeito, a polícia enfim liberou, deixando claro que não conseguiram nenhuma evidência nova lá e que, portanto, não valia a pena prejudicar as criancinhas. Luisão foi lá fazer a faxina geral: lavar, limpar, desinfetar, perfumar, até as madames decidirem que o play estava com cara de "nunca aconteceu nenhum assassinato de porteiro aqui neste local."

Luisão, tadinho, tava fungando e enxugando o olho na manga do macacão, toda hora. Era o único que pensava que seu Bombinha tinha passado ali os últimos minutos de sua vida, garanto!

Foi muito, muito esquisito. Depois da limpeza, Luisão ficou numa tristeza sem fim. Não olhava pra ninguém. Se esgueirava pelos cantos, não sorria pras crianças. Ficava sentado sozinho, à noite, num brinquedo, se balançando e falando ou rezando baixinho. Coitado, me dava uma pena...!

Era dia de reunião na casa da Pati, e nós íamos fazer relatório das nossas tarefas da semana. Pati, porque era dona da casa, começou. Ela contou o que tinha conseguido com o Zach Ephron. Aliás, essa história já estava ficando estranha. A Pati é muito maluquinha. Não é que a garota resolveu mesmo que ia ser policial? Começou na brincadeira e de repente foi ficando sério e agora tá adorando as visitas à delegacia. O delegado tem que botar ela pra fora de lá. Ela vai com um caderninho e fica falando com todos sobre o trabalho deles, mas quem dá as melhores informações sobre o crime é o Zach. Bom, a nossa dúvida era sobre a arma. Ela queria saber se eles podiam dizer, pela bala, o tipo da arma usada e, depois, se eles podiam descobrir se alguém do prédio tinha uma arma dessas registrada. Zach duvidava. Sem o número da arma, era quase impossível. Pati se alongou, contando que essa história de registro ainda não é levada muito a sério no Brasil. Tem muita arma mesmo comprada regularmente, que nunca foi registrada. Principalmente se isso foi feito há mais tempo. Fizeram campanha e tal, mas o resultado não foi o esperado. Resumo: pela arma ia ser meio difícil chegar ao criminoso. Pati tava se sentindo a própria policial.

Eu falei em seguida. Queria ficar por último, porque o Corvo ainda não tinha chegado e eu tava meio aflita, olhando pela janela o tempo todo, mas as meninas ficaram me enchendo: "você veio aqui pra investigar ou pra namorar?" Eu tinha ficado de descobrir o motivo da

briga do Arruda, filho da dona Idalina, com o seu Bombinha no dia do crime. É. As roubadas sempre sobram pra mim. Primeiro fui ao apartamento da dona Idalina. Comprei um brinquedinho de gato num pet shop, desembrulhei, sujei um pouquinho. Cheguei lá com a maior cara de pau e toquei a campainha; quando ela abriu, estendi o brinquedo e perguntei:
— Um dos seus gatinhos perdeu isso?

Ela arrancou o brinquedo da minha mão e disse:
— Claro!!!!!!!

Aí me puxou pra dentro do apartamento, pra ajudar a pegar um dos gatos que estava em cima do armário. SOCORRO! Eu queria morrer. Eu não sei quem fedia mais, se ela ou o apartamento.

Eu sei, minha mãe me ensinou a ser educada e paciente com as pessoas idosas, explicou que algumas têm problemas e tal e coisa, mas dona Idalina devia ser assim até quando era jovem! Enquanto eu ajudava com os gatos, ela falou mal de meio mundo, até do seu Bombinha, e aí eu engatei a primeira e perguntei por que o filho dela estava aborrecido com o porteiro. A porta da entrada abriu e o Arruda em pessoa entrou.

Ali estava eu, quase despencando do armário, com um gato que já tinha me arranhado nos braços e sabem o que ele disse?

– Mamãe, essa jovem está te importunando?

Pulei no chão e o gato pulou junto. Dona Idalina podia ser muito ruim, mas o filho era pior. Eu entrei de sola, acho que no calor da raiva.

– Por que o senhor brigou com seu Bombinha?

O Arruda levou o maior susto, acho que com o que meu pai costuma chamar de meu "topete", e começou a gaguejar. Dona Idalina riu e já deu o serviço.

– Foi por causa dos gatos, que arranharam o carro do 702 e ele viu e queria que meu filho pagasse; agora ele morreu e não tem mais testemunha, não precisa mais pagar.

Eu, mais do que rapidamente, abri a porta, parti para as escadas e fugi dali voando.

Capítulo 5

Quando o Corvo chegou, estava a maior confusão. Pati achava que tínhamos que entregar o Arruda pra polícia, claro que o culpado era ele. Pepe dizia que eu precisava ir para o serviço de proteção às testemunhas, porque o Arruda ia vir atrás de mim pra me silenciar. Manu achava tudo aquilo um exagero e ninguém conseguia explicar pro Corvo o que estava acontecendo. Eu acabei dando uns gritos e resumindo a situação, e meu namorado, pra variar, muito equilibrado, achou que, por conta de uns arranhões de gato num carro, o Arruda não cometeria assassinato. Ufa, como é bom ter alguém tão seguro de si, tão bacana, tão bonito, tão... ah, mas precisamos voltar ao assunto. Corvo relatou o que havia descoberto no jogo de futebol, com os homens do condomínio. De cara, ele foi contando que Raul, o faxineiro, que apitou o jogo, tava muito, mas muito mesmo, preocupado com o Luisão. Comentou que o garoto, desde que limpou o play, foi ficando cada vez mais quieto e esquisito, falando sozinho nos cantos da garagem. A gente já tinha notado, mas pelo visto a situação tava séria e até resolvemos que íamos levar o Luisão pra conversar com a mãe da Manu, que é psicóloga. Bom, além disso, o Corvo falou que saiu a maior pancadaria no jogo. Todo mundo estava nervoso demais. Sabe aquele nervosismo de gente que tem alguma coisa pra esconder? O Moraes Bianco, que tinha acabado de voltar da Europa, deu um soco no pai da família TV, a troco de nada. O Arruda disse que achava engraçado que todo mundo tava sendo chateado pela polícia, mas o João Miguel não voltava da viagem e nem tinha sido interrogado. Alguém comentou que o João Miguel, coitado, tinha sido assaltado no começo do ano e tinha pavor de delegacia, porque passou dias indo lá tentando reconhecer o criminoso. Os garotos do time disseram que aquele foi o pior jogo do ano. Acho que o que quiseram dizer foi que a morte do seu Bombinha afetou mesmo o prédio inteiro. Ninguém mais conseguia se divertir. O que eu acho mais do que natural. Primeiro tínhamos que descobrir o criminoso, depois é que a vida podia voltar ao normal.

Manu, pra não ficar de fora, já que não morava no prédio, resolveu contar as fofocas que ouviu no cabeleireiro. Muito imaginativa, fofocou que a dona Lurdinha tinha ido antes do enterro fazer luzes no cabelo. Imagina, uma viúva fazendo luzes. A manicure contou que a pensão do falecido – que era militar reformado – não era pouca porcaria e a viúva tinha ficado muito bem de vida. Só faltou falar que a pobre da mulher encomendara a morte do seu Bombinha. Pati deu uma bronca em Manu, por ficar repetindo besteiras, mas, espantosamente, Corvo a defendeu. Não queria comentar antes, mas tinha ouvido uma conversa da mãe dele com uma vizinha. Parece que dona Lurdinha – a viúva – tinha um namorado. Boquiabertos, pedimos pro Pepe colocar ele na lista dos suspeitos e pesquisar mais sobre o assunto.

Pepe fez um relatório sobre o nosso desafeto: o Jorge Militone. Claro que não dava pra provar que ele era traficante, mas o Pepe levantou muitas pequenas contravenções, milhares de multas de trânsito e brigas em boates. Era um começo. Boa coisa o tal Jorge não era e, resolvemos, ele devia mesmo ser mantido bem no topo da nossa lista.

O próximo passo era falar com o Luisão e eu me ofereci pra fazer isso. Sempre gostei muito dele e, segundo o Corvo, tinha um jeitinho especial pra falar com as pessoas. Pati e Manu tiveram que dar uns gritinhos para interromper o que elas chamaram de "olhar melado" entre nós dois. Invejosas!!!!

Encontrei Luisão na garagem, varrendo o mesmo canto sem parar e repetindo alguma coisa que eu não conseguia entender. Tentei falar com ele. "Oi, Luisão, belê?" Mas ele parecia que nem me via. Lembrei de uma coisa e fui até em casa pegar dinheiro. Depois peguei a minha bike e fui ao posto. Comprei um sorvete de chocolate e voltei correndo. Aí entreguei o sorvete pro Luisão, é a coisa de que ele mais gosta. Ele pegou o sorvete, sentou num canto e começou a chupar. Só que não sorriu como sempre fazia. Ficou ali, com cara de triste, tomando o sorvete. Não tem nada mais triste do que alguém tomando sorvete com cara de triste. Fiquei com vontade de chorar.

– O que foi, Luisão? Tá com saudade do seu Bombinha?

Ele começou a repetir uma frase, acho que a mesma que falou antes, quando estava varrendo.

– Eles falaram que tava liberado, que não tinha nada lá, que eles eram polícia, que sabiam o que faziam, que eu só podia ser maluco.

Eu olhei pra ele, intrigada.

– Do que é que você tá falando?

– Do play – ele respondeu e não quis dizer mais nada, por mais que eu perguntasse; acabou o sorvete, levantou e foi embora.

Quando cheguei em casa, liguei pra Manu e pedi pra ela marcar uma hora com a mãe dela. Eu não achava que o caso do Luisão era de psicologia, mas achava que a mãe dela ia ter mais recursos do que eu pra fazer Luisão contar o que estava afligindo ele. Manu marcou para o dia seguinte e, como era perto do nosso prédio, eu e o Corvo ficamos de levar ele lá. Desci pra combinar com o Raul e, pra meu espanto, dei de cara com o novo porteiro. E não gostei nadinha do que vi. Roberto Pereira. O cara se apresentou, estendendo a mão. Tinha cara de segurança de festa, de boate. Sabe aqueles que ficam de olho, como se estivessem esperando qualquer besteirinha pra agarrar alguém e jogar lá fora, ou fazer coisa pior? Pois foi esse cara que colocaram pra substituir o nosso Bombinha. Achei o cúmulo. De qualquer forma, consegui chamar o Raul num canto e armar a saída do Luisão. Raul já foi logo dizendo que, pelo visto, Luisão não ia durar ali, porque o Roberto Pereira achou o fim da picada manter um "retardado" – isso mesmo, foi assim que ele falou – no quadro de empregados. Se eu já não gostava do novo porteiro, passei a odiar. Voltei pra casa, entrei pela porta dos fundos, em silêncio, e ouvi uma voz estranha na sala. Congelei. Espiei pela fresta da porta e confirmei o que temia. O Arruda estava lá sentado, conversando com meu pai e minha mãe. E eu me lembrei dos gatos, da dona Idalina, da minha saída "voada" e de que ele podia ser um assassino. Fiquei imóvel, no escuro, sem saber o que fazer e foi aí que a minha irmãzinha Béa entrou na cozinha, acendeu a luz e falou bem alto:

– Nena, o que você tá fazendo aqui, no escuro?

Capítulo 6

Papai já entrou na cozinha e me puxou pelo braço.

— Mariângela, eu acho que você deve desculpas ao senhor Arruda!

Eu me soltei, já gritando que não devia desculpas nenhumas e fui para o quarto, batendo a porta. Tive certeza de que, no dia seguinte, ia sobrar pra mim, e ia sobrar muito, mas eu não ia, mesmo, dar uma de boazinha para aquele cara que bem podia ter matado o seu Bombinha. Ainda ouvi minha mãe falando com meu pai sobre como eu estava ficando petulante e comentando que achava que eu estava encontrando às escondidas com o tal do Corvo, e que a culpa era do meu pai, que vivia passando a mão na minha cabeça. Mas no meio da conversa deles eu dormi, sonhei com o meu namorado e esqueci toda essa história de criminosos e assassinatos. Foi um sonho lindo e colorido como um filme. Ainda bem, porque o dia seguinte não foi bolinho!!!

Corvo e eu, depois da escola, pegamos o Luisão. Tivemos que pregar uma mentirinha nele e dizer que precisávamos da ajuda dele pra pegar uma bicicleta no posto e fomos caminhando, na direção do prédio da Manu. Eu achei que era melhor ir preparando o terreno e aí comecei a falar sobre o nosso papo da véspera, sobre as coisas que ele tinha me dito, enquanto tomava o sorvete. O que era mesmo que ele estava tentando contar? A polícia conversou com ele? Sobre o quê? Luisão começou a gaguejar e ficou com lágrimas nos olhos.

– Não posso falar, não posso falar...

Corvo pediu pra ele ficar calmo, não íamos fazer nada demais. Ele ia conversar com uma senhora muito legal e podia contar tudo para ela que... de repente, Luisão saiu correndo e atravessou a rua, um carro freou, o outro bateu nele de leve, ele caiu, levantou e continuou correndo, correndo e sumiu. Sumiu! Eu nem sei o que gritei. Mas gritei, porque o Corvo me segurou e pediu pra eu me acalmar. O Luisão desapareceu. E a culpa foi nossa! Todo mundo acabou indo se reunir lá em casa. Papai estava trabalhando, mamãe tinha aula na faculdade e a empregada tava na feira. Tive que subornar a Béa com chocolate pra ela ficar trancada no quarto e não comentar nada sobre a reunião. Comecei a contar sobre o sumiço do Luisão, mas não consegui terminar. Tá, sou uma chorona mesmo, uma manteiga derretida, mas o que é que eu posso fazer? Tava me sentindo culpada e, quanto mais o Corvo me abraçava e tentava me acalmar, mais eu chorava. Pati e Manu acharam que eu tava era querendo tirar um sarro dele, ai que raiva! Pepe, já no laptop, procurou referências pra localizar alguém da família do Luisão. Sim, porque ele devia ter fugido pra algum lugar. Avisamos pro Raul que ele foi pro enterro da avó – isso dava direito a dois dias de folga. O Robertão não ia poder reclamar. Nós tínhamos, portanto, dois dias pra achar o Luisão e pra descobrir o que estava assustando tanto ele.

Cada um saiu lá de casa com uma tarefa. A minha, junto com o Corvo, era chegar no namorado da dona Lurdinha. Não me perguntem por que isso era importante. Fui voto vencido. Manu ia pedir ajuda à mãe pra atravessar a ponte e tentar achar o Luisão na casa de uma madrinha, em São Gonçalo. Pati, pra variar, ia até a polícia bater papo com o Zach sobre o Luisão. E Pepe, bom, o Pepe sempre tinha mil coisas pra pesquisar em seu supercomputador.

Saímos dali rapidamente e fomos parados na portaria pelo Robertão. Vocês acreditam que o cara queria que todo mundo preenchesse fichas de moradores e não moradores? Olhamos pra ele, com cara de cínicos, e falamos "No entender português". "No falar". "Speak english?". E saímos dali às gargalhadas.

A primeira coisa que fiz foi dar uma passada no cabeleireiro, ou melhor, na manicure. Corvo ficou esperando do lado de fora, enquanto eu fazia as unhas e tagarelava com a Dilminha – era esse o nome da manicure da Manu – e, conversa vai, conversa vem, descobri que o "amigo" da viúva era o dono de um bar tipo boate, ali perto, que se chamava Vinil. Quando saí, fiz sinal de positivo. Corvo devia estar de saco cheio de esperar, mas ainda elogiou minhas unhas. Ele é mesmo um fofo. O único problema é que o bar só abria à noite e, pior, só maior de 18 anos é que podia entrar. Ficamos um tempo pensativos, tentando bolar um plano, mas não conseguimos pensar em nada.

Já que tínhamos até as cinco horas pra nos encontrarmos na casa da Pati, fomos pra beira da praia e ficamos sentados, olhando o mar e, assim, de repente, do nada, eu ganhei o meu primeiro beijo de verdade. O beijo que eu estava esperando desde o dia em que fui pro play e acabei descobrindo o seu Bombinha morto. Pelo menos, no meio de toda essa confusão, o Corvo existia e eu podia ter momentos de felicidade que apagavam qualquer tristeza. Mal sabia eu que o sabor desse beijo ia me ajudar a suportar todo o sufoco que estava para acontecer.

Segundo a Pati, a gente entrou na casa dela com a maior cara de quem tinha se beijado. Ô menina exagerada. E quem beija lá tem cara?

Pati contou logo que o Luisão, segundo a polícia, era meio bobo e ficava querendo dar uma de esperto. Quando eles liberaram o play e ele foi limpar, quis dizer que tinha encontrado alguma coisa lá. Levou a maior bronca do policial encarregado, que perguntou se ele achava que sabia mais do que a polícia. Chegaram até a dizer pra ele que mentiroso podia ir preso. Eu achei logo que isso é que tinha assustado tanto o garoto. Imagina, um menino que tem problema ser ameaçado pela polícia! Manu não chegava e não tinha telefonado ainda. Corvo contou sobre o bar do namorado da viúva e a dificuldade que nós íamos enfrentar. Pepe deu uma ideia. Nós podíamos nos disfarçar de entregadores de alguma coisa e entrar lá dessa maneira. Adoramos a dica e decidimos que ia ser naquela noite mesmo.

Manu entrou, afobada, já dizendo que não ligou porque esqueceu o celular em casa e o da mãe estava sem bateria. Falou que acharam a casa da madrinha do Luisão, uma senhora muito boazinha, que ficou preocupadíssima, mas que não via Luisão fazia mais de um mês. Ficamos todos muito aflitos, sem saber o que fazer. Decidimos que, se ele não aparecesse até o dia seguinte, íamos ter que conversar com algum pai ou, quem sabe, ir até a polícia, embora a ideia não fosse nada legal. Mas, pelo nosso amigo, teríamos que envolver adultos na história, sim.

Como Corvo e eu tínhamos uma missão a cumprir, armamos uma longa história, e muito bem-armada, de estudar e dormir na casa dos amigos, e jogamos o caô pra cima dos nossos respectivos pais. Saímos lá pelas sete horas e nos encontramos próximos ao bar-boate, que só abria mesmo às nove, mas estava com a porta dos fundos aberta para receber entregas. Pra nossa sorte, tinha um carro entregando umas caixas de tortas e nós pegamos as tortas e fomos entrando. Colocamos as tortas em cima de um balcão e, rapidamente, nos escondemos num escritório. A ideia era ficar por ali e depois tentar falar com o seu "Vinil". Na hora a gente inventava uma desculpa qualquer. O meu telefone começou a chamar insistentemente. Levei o maior susto e atendi. Era a Pati. Ela falou rapidamente, com uma voz muito assustada:

– Vocês têm que sair daí, vocês têm que sair daí!

Nesse momento o "Vinil" entrou no escritório e o Corvo me disse pra desligar o telefone, mas a Pati continuou a falar: "E se o cara matou o seu Bombinha pra ficar com a viúva?"

Capítulo 7

Eu desliguei o telefone e fiquei grudada na parede, sem conseguir falar ou me mexer. O Corvo já ia levantar, mas, quando viu minha cara de pavor, parou no ato. O "Vinil" sentou atrás da mesa, rindo, e os dois homens que entraram com ele, que tavam rindo também, começaram a falar sem parar.

– Tem o Dinho, o Lilico, o Zéluis, o Triguero, o Jonas.

O "Vinil" riu mais ainda.

– Tudo frouxo. Quando eu digo que quero segurança, quero cabra disposto a quebrar uns braços, fazer uns dois ou três desmaiarem...

Corvo não ouviu o telefonema, mas a frase do cara já foi suficiente pra fazer ele se esconder mais ainda e me mandar ficar calada. Não sei de quem foi a ideia idiota de a gente vir atrás desse cara, não sei quem foi o maluco que botou a gente nessa roubada, não sei quem inventou que a gente podia brincar de detetive! Acho que fui eu mesma. Mas tava muito arrependida! Eu queria a minha mãe!!!

Agora – vocês imaginem só –, eu estava num lugar escurinho, atrás de um armário, coladinha no meu namorado, e tudo que eu pensava era no colo da minha mãe. Acho que é por isso que falam que adolescente é difícil e não sabe o que quer. Mas o jeito dos malucos e o que eles estavam dizendo, as risadas deles de bandido de cinema começaram a me dar uma dor de barriga tão grande, uma vontade de vomitar. Tudo bem que o Corvo é cascudo, mas juro que ele tava branquinho, até a boca dele, tão linda e rosada, tava sem cor. E o pior é que a gente não podia se mexer nem falar. Só ouvir as barbaridades que os caras tavam dizendo. Ah, e um detalhezinho que fez toda a diferença. O seu "Vinil" tinha um nome, ou melhor, um apelido.

Uma coisa bem carinhosa: "Mata-Boy". Legal, né? Não sei quanto tempo nós dois – os namorados do ano – ficamos ali, agarrados e silenciosos, ouvindo um papo que, segundo a classificação indicativa, não era apropriado para menores de 21 anos. Finalmente o grupinho saiu do escritório, fechando a porta.

Eu comecei a falar sem parar, contando do telefonema da Pati, dizendo que o tal Mata-Boy devia ser o assassino, e que claro que um homem cheio de capangas que só falava em dar porrada era bem capaz de matar um porteiro legal feito o seu Bombinha. Eu só não entendia como é que ele ia namorar uma senhora tão simples como a dona Lurdinha. Mas achava que a Pati tinha razão e a gente não ia conseguir sair dali vivo e que a minha mãe ia sentir a minha falta e o meu pai também e que até minha irmãzinha, que às vezes dizia que me odiava, ia chorar se eu morresse, e que eu não queria que o Corvo morresse, porque ele era muito legal, e aí ele me deu um beijo porque acho que foi o único jeito que encontrou de me fazer calar a boca. Fiquei sem fôlego de tanto beijo e aí ele aproveitou e me pegou pela mão e já foi me puxando e levando para uma janela que abriu e já foi me sentando nela e se sentou e pulou e me mandou pular e eu nem vi se era alto ou baixo, mas pulei, porque antes quebrar uma perna e ficar engessada do que levar um tiro. A gente saiu correndo e ainda ouviu um pessoal gritando "ei... ei... ei...", mas nem olhou pra trás.

Cheguei em casa e fui direto para o quarto dos meus pais e abracei a minha mãe, que levou o maior susto. "O que foi que houve, você não ia dormir na Pati, isso lá são horas, e que horas são essas?" Papai falou que já passava da meia-noite e eu me enrolei toda, menti que fiquei com cólica, tava triste, com saudade e pedi pro irmão da Pati me trazer. Eles ficaram com pena e até me deixaram deitar um pouco na cama deles. Ai, foi tão bom! Eu me senti tão... tão... tão criança!!! E dormi feliz.

De manhã, quando saí pro colégio, encontrei dona Lurdinha voltando da padaria. Olhei bem na cara dela, morrendo de raiva, e não me contive:

— Como é que a senhora pode namorar um homem como o Mata-Boy? Que vergonha, seu Bombinha era tão bom...

Dona Lurdinha olhou pra mim, sem graça, com os olhos cheios de lágrimas...

– Namorar? Aquele infeliz é meu irmão, é minha tristeza e desgraça... – E saiu correndo, abraçada ao saco de pão.

Ah, meu Deus do céu, que confusão danada! Mas o fato de ele ser irmão da dona Lurdinha não livrava a cara dele. Aposto que seu Bombinha não gostava nada de ter um cunhado ruim como aquele. Aposto que ele ameaçou fechar aquele bar, que era mais um antro de bandidos, e o Mata-Boy se zangou e foi lá e deu um tiro no nosso porteiro.

Eu e o Corvo precisávamos nos encontrar de tarde com o resto do pessoal, fazer o relatório e traçar novos planos. Na véspera eu tinha jurado que ia esquecer o assunto. Mas foi o medo falando. Hoje a coragem tinha voltado e, junto com ela, uma raiva que fazia gosto.

Capítulo 8

"Quebrou o nariz de um cara com uma cabeçada!", Corvo contou, com raiva. Pati, Pepe e Manu, além de meio apavorados com nossa aventura, já estavam morrendo de ódio do Mata-Boy.

– E vocês precisavam ver o que eles falavam das garotas. Chamavam todas de piranhas e diziam que, se elas tirassem a roupa, eles podiam livrar a cara delas e não denunciar que eram menores e tavam com carteiras falsas.

Eu fiquei pensando na minha tia e em como ela era brava e não deixava a filha de 17 anos ir à boate. Vai ver tava era coberta de razão.

Na verdade, por tudo que vimos e contamos, colocamos o irmão da dona Lurdinha, aquele marginalzinho disfarçado em chefe de segurança de boate, no topo da nossa lista de suspeitos. Aí todo mundo achou que ele era barra-pesada demais. Tínhamos que entregar ele pra polícia. Mas que prova nós íamos mostrar? Será que o Luisão sabia de alguma coisa e sumiu, com medo? Então a gente precisava mesmo era procurar o Luisão. Manu ficou um tempo em silêncio e depois sugeriu que talvez a madrinha dele tivesse mentido. Vai ver achou que tava protegendo o rapaz e não contou nada sobre ele. Decidimos que íamos ter que encarar um busão e atravessar a ponte. Todos juntos. Pepe, que detestava sair de casa, também.

Em pleno sábado, um sol lindo, e a gente foi pra Niterói, Nikiti pros íntimos. Uma coisa é a gente se perder na nossa cidade. Mal ou bem, os nomes parecem conhecidos; mas na cidade dos outros tudo parece estranho. Descemos do ônibus no bairro onde a Manu falou que era a casa da madrinha do Luisão: Pé Pequeno. Só que a gente descobriu que o Pé era muito grande e andamos quase uma hora perguntando zilhões de vezes onde ficava a rua que queríamos. No final de tudo, o bairro que procurávamos era o Cubango, vizinho ao Pé Pequeno, e por isso o endereço não batia. Finalmente chegamos. A casa 37 era uma casa muito simples, com um jardinzinho cuidado. Na rua sem saída umas crianças jogavam bola, foi um espanto quando identificamos o goleiro:

– Luisão! – gritamos em coro e, como não tinha pra onde correr, ele baixou a cabeça e veio em nossa direção.

– Eu não vou falar nada – foi a primeira coisa que ele disse.

Tia Lindinha – esse era o nome da madrinha do nosso amigo fujão – colocou a gente na mesa e serviu bolo com suco. Falou que a gente devia saber que o Luís só tinha tamanho, mas a cabecinha era de criança pequena e, por isso, quando ele veio pedir ajuda e disse que não queria que ninguém soubesse que ele estava ali, não pôde negar. Era um menino tão bom, trabalhador, imagina que dava mais da metade do ordenado pra ela, e ainda vinha nas folgas ajudar a cuidar do jardinzinho!

A gente perguntou pro Luisão por que ele tinha fugido. Nós éramos amigos, gostávamos dele. Ele só balançava a cabeça e não dizia nada. Pati o encarou e disse que talvez a polícia tivesse metido medo nele, mas que ela tinha um grande amigo policial, que podia proteger ele. Pronto, foi o suficiente. Luisão começou a falar e não parou até contar toda a história.

Resumindo: quando foi limpar o play, o Luisão achou um revólver. Pois é. Achou a arma do crime. É que tem um lugar lá, perto do tanque de areia em que a gente brinca, que é um poço sem fundo. Tudo desaparece ali. E, ele como sabe disso, já tem a malandragem pra catar as coisas com um gancho. E foi nessa que achou a arma e a polícia não. Só que, quando foi falar pros policiais que tinha encontrado, os homens já cortaram e foram zoando com ele. "Encontrou o quê? Areia, brinquedo? Tá maluco, pensa que nós somos o quê, pensa que polícia deixa pra trás pista importante? Isso é desacato, você pode ir em cana..." Claro que ele ficou com medo, calou o bico e ficou morrendo de angústia e resolveu sumir. A gente quis saber onde estava a arma e garantiu que ia ajudar ele a resolver tudo. Íamos falar com os pais, porque o assunto estava ficando um pouco complicado pra gente encarar.

Dona Lindinha deu força e ainda pediu pra um vizinho nos levar na rodoviária e nos colocar num ônibus direto pro Rio.

Na viagem pro Rio, eu e o Corvo viemos conversando baixinho. É que o poço sem fundo era do lado do lugar onde achamos o seu Bombinha, só os moradores do prédio conheciam esse local. Daí, por menos que a gente gostasse do Mata-Boy, era difícil pôr a culpa nele. E, também, ele provavelmente iria matar e levar sua arma embora. Fiquei pensando no assunto e, cada vez mais, achando meu namorado o cara mais inteligente do mundo.

Chegamos muito tarde pra tomar qualquer atitude. Pepe pediu aos pais que deixassem o Luisão dormir no quarto de empregados da casa dele e não teve problema. Marquei uma reunião lá em casa, às 9 horas, no dia seguinte. Sorte que era domingo. Chamamos os pais do Corvo, os meus, os do Pepe, a nossa turminha e o Luisão. Dessa vez, a gente ia finalmente, com a arma do crime, identificar o assassino do nosso porteiro.

Capítulo 9

Nove horas da manhã e os pais do Corvo foram os primeiros a chegar. Eles estavam aflitíssimos, olhando um para o outro e fazendo cara feia pro meu namorado. Confesso que não entendi direito o sentimento, mas, com a desculpa de me ajudar a pegar copos na cozinha, Corvo me puxou e contou, rindo, que eles estavam achando que tinha acontecido alguma coisa entre nós dois. Acontecido o quê?

Ele só riu e não falou mais nada. Quando voltamos para a sala, Pati já estava lá com Pepe e Luisão, meu pai também, todo sorridente, e a mãe do Corvo disse, aflita:

– Luís Augusto, pensei que o assunto ia ser discutido apenas entre nós e a família da Nena.

Eu, muito confusa, perguntei por quê, se dizia respeito a todos. Foi uma conversa de doidos e só depois é que eu entendi que os pais do Corvo acharam que ele tinha me engravidado. Só rindo. Eu e o Luís Augusto grávidos? Mal tínhamos tempo de nos beijar. Mas, antes que essa maluquice fosse comentada, entramos no assunto da arma e do Luisão.

Levamos uma bronca por estarmos investigando o crime sozinhos. Claro que o assunto do "Vinil" nem foi mencionado porque aí seria castigo até o fim da vida, mas o nome do irmão da dona Lurdinha e o fato de ele ser meio bandido foram ventilados. Bom, papai foi escalado para ir até a garagem com o Luisão checar se a arma que ele tinha escondido dentro de um pneu velho, num lugar bem difícil, ainda estava lá. Em outro lugar, ele escondeu as balas que tinha tirado. O Luisão pode pensar como uma criança, mas é uma criança esperta, que não ia deixar um revólver carregado, mesmo escondido.

Enquanto eles iam lá, nós ficamos pela sala, jogando conversa fora. Minha mãe meio esquisitona, me encarando.

De repente ela virou pra mim, na frente de todo mundo, e perguntou se eu tinha quebrado a promessa e estava namorando o Luís Corvo. Meu Deus, eu podia ter caído mortinha de vergonha ali. Pati olhou pra ela e garantiu que não éramos mais namorados e que, além de tudo, o Corvo me achava muito criança, me dera um toco e arranjara uma namorada de 15 anos, da sala dele. Manu confirmou e Corvo disse que eu e ele ficamos só amigos. Os pais dele e minha mãe sorriram, aliviados. Aí a minha irmãzinha entrou na sala com um caderno meu na mão e perguntou:

– Então por que é que tem mil corações no seu caderno escrito Corvo e Nena?

Eu arranquei o caderno das mãos dela e falei:

– Do tempo em que a gente namorava, bobona. – E fui pra dentro, porque do jeito que tava, roxa de vergonha, todo mundo ia perceber a nossa mentira coletiva.

Voltei pra sala mais tranquila, com um bloco de anotações na mão, e falei da teoria do

Corvo sobre o local onde a arma foi encontrada. Só alguém do prédio poderia conhecer o buraco sem fundo.

Dona Carla, mãe do meu namorado, argumentou que era terrível pensar que no nosso prédio morava um assassino, e que, quanto mais cedo a gente entregasse esse assunto pra polícia, melhor. Papai entrou em casa com Luisão, que ainda estava muito assustado, mas ficou melhor quando nos viu.

Ficou decidido que papai e o pai do Corvo, doutor Camilo, iriam imediatamente até a polícia avisar que o rapaz estava ali e poderia entregar a eles a arma do crime. Pepe e Corvo decidiram ir também e Luisão disse que não ia nem arrastado. As mulheres ficaram pra trás, roendo unha, e Luisão foi pra cozinha fazer café. Tia Lindinha tinha razão, aquele menino era mesmo muito bom.

Enquanto dona Carla e a minha mãe batiam papo, fingindo que estava tudo muito normal, eu levei as meninas pro meu quarto, deixando Béa do lado de fora, de castigo, pra ela aprender a não se meter onde não é chamada. Agradeci às duas por terem me salvado e comentei que não sabia até quando ia conseguir manter a mentira. Pati não conseguia entender por que meus pais não queriam que eu namorasse o Corvo, um cara tão legal. Nesse momento o celular tocou. Era o Corvo. Um problemão tinha pintado. A polícia estava indo pro prédio pegar Luisão pra prestar depoimento. Meu pai tinha ligado pro doutor Mendes, um advogado do 303, e ele ia lá pra casa, pra acompanhar o nosso amigo. Eu já estava até vendo a cara de pavor do Luisão. E a gente que jurou que o protegeria!

Luisão já tava na sala, servindo o café. Pedi pra ele sentar, mas ele não quis de jeito nenhum. Pati e Manu roíam as unhas, de tão nervosas, minha mãe e dona Carla já me bombardeavam com perguntas, quando a campainha tocou e eu pedi a todos os santos que fosse o advogado e não a polícia. Eles me atenderam e o doutor Mendes entrou. Ele colocou a mão no ombro do Luisão e, muito diplomaticamente, perguntou:

– Meu rapaz, por que a polícia está atrás de você?

Luisão já se virou, com os pés prontos pra sair correndo. Por sorte, meu pai, o pai do

Corvo e o Corvo entraram nesse momento e o seguraram. Foi uma loucura. Luisão se debatia, o doutor Camilo, que é médico, chegou a pensar em dar um calmante pra ele, mas aos poucos, todos nós falando com calma conseguimos explicar pro advogado a situação e garantir ao Luisão que ele só ia precisar explicar onde encontrou a arma e a entregar para a polícia. E que o doutor Mendes ia ficar com ele o tempo todo.

Nunca vou esquecer do Luisão quando saiu lá do prédio, junto com o doutor Camilo, meu pai e o pai do Corvo. Parecia um boizinho que já sabia que ia virar carne de churrascaria. Adivinhou, coitado. E a gente, trouxa, pensou que ele estava com medo à toa.

Capítulo 10

Não há justiça pra adolescentes e, claro, à medida que a história do revólver e de Luisão começou a desenrolar, ficamos de fora. Minha mãe proibiu. Isso mesmo, PROIBIU que eu saísse de casa. A única alegria foi que a galera toda ficou lá comigo, tentando espiar pela janela pra ver se conseguíamos enxergar alguma coisa além da mala dos carros de polícia. O que eu vou contar agora foi presenciado por outras pessoas.

Na delegacia, como primeira providência, interrogaram o Luisão. Imagina interrogarem um menino daqueles. Ele contou tudo que nos contou. Mas, claro, não acreditaram. Meu pai falou que o advogado disse que "o rapaz se atrapalhou, pois os policiais pressionaram um pouco". Um pouco? Me engana que eu gosto. Imagino os monstros interrogando nosso amigo, acusando ele de ter assassinado o seu Bombinha. Logo ele que era amigão do nosso porteiro. Logo ele que era um garoto bom e só estava nessa situação porque era um pouquinho lento e por isso meio medroso. Covardia. Depois de muito blá-blá-blá, levaram o Luisão lá para o prédio e ele foi até o lugar onde tinha escondido o revólver, pegou e entregou pra polícia. Aí parece que aconteceu uma cena de novela. Alguém contou pra dona Lurdinha que tinham achado o assassino do marido dela. Ela saiu correndo de casa e foi até a garagem, gritando "cadê ele, cadê ele, cadê ele?". E aí viu o Luisão e perguntou:

– Cadê ele, meu filho, você viu? – E correu pro abraço e viu que o garoto estava ALGEMADO!!!

Dona Lurdinha não entendeu nada. Quando começou a entender, falou que a polícia era incompetente ou estava maluca, que nunca que Luisão ia fazer uma coisa dessas.

Meu pai falou que a viúva e o "possível criminoso" se abraçaram, chorando. Nem assim tiveram pena. Levaram o Luisão e a arma de volta pra delegacia. O pai do Corvo foi junto. Nós continuamos lá em casa, revoltados e nos sentindo responsáveis, com vontade de bater em alguém, desprezando o consolo de pipocas e sanduíches que minha mãe ofereceu.

Claro que, na falta de alguma coisa objetiva para fazer, começamos a bolar planos mirabolantes para invadir a delegacia e tirar o Luisão de lá. Ele era um garoto e não ia aguentar ficar na cadeia. Ia acabar morrendo de tanta tristeza. Pati pensou em tentar seduzir o Zach e conseguir a chave da cela e... Pepe, já no computador, começou a entrar em um milhão de sites, invadir alguns, tentando entender a segurança da delegacia... Manu telefonou para a mãe e tentou convencer ela a forjar um atestado e tirar Luisão de lá, dizendo que ele precisava ser internado por motivos psicológicos e... Corvo deu uma de maluco e mandou todo mundo parar de falar besteira, cair na real, porque ninguém ia fazer nada daquilo. Eu falei que ele podia estar com a razão, mas alguma coisa precisava ser feita. Ele concordou e o que tinha que ser feito era descobrir quem era o dono da arma encontrada, porque nós sabíamos que ela não era do Luisão! Às vezes eu achava que ia explodir de orgulho de ter um namorado tão sensacional. Dessa vez eu só corri e dei um beijão nele. Minha mãe entrou na sala e viu. Ia começar a brigar, mas desistiu. Acho que reconheceu que essa guerra ela já tinha perdido.

Objetivamente, nós decidimos ir até a delegacia e, enquanto a Pati tentava conversar com o Zach e descobrir mais alguma pista que nos levasse ao dono da arma, nós iríamos falar com o delegado sobre o Luisão, sobre a visita à madrinha dele, sobre como ele era amigo e legal.

Corvo foi até a casa dele pra saber mais alguma novidade. O pai e o advogado já tinham voltado, deixando Luisão entregue às baratas. Coitadinho. Eu fui colocar uma calça comprida, porque combinamos de ir com cara de comportadíssimas pra delegacia. Corvo me mandou vários torpedos, enquanto eu me arrumava. Sobre a situação em geral. Nada de muito novo. Mas o último eu salvei numa pastinha especial porque dizia: "Você é o meu amor". O suspiro que eu dei deve ter ecoado pelo prédio inteirinho.

As novidades do pai do Corvo não deixaram a gente nem um pouco aliviado. O delegado achava a história do Luisão mal contada. Não podia liberar uma pessoa que estava de posse da arma de um crime. Luisão repetiu sua história um milhão de vezes, sem mudar uma vírgula e, mesmo assim, ia ficar preso até o advogado conseguir um *habeas corpus*. E, como todo mundo sabe, a justiça caminha devagar pra quem é um rapaz pobre e bobo, ajudante de porteiro.

Três horas da tarde, sol quente, o nosso grupinho adentrou – acho muito engraçada essa palavra – a delegacia. Levei até a minha irmã, pra fazer número. E o Pepe levou o irmãozinho dele, 10 anos, nerd igual a ele. Pati cercou o Zach. Nós cercamos o delegado. Atordoamos o homem. Falamos, falamos, choramingamos, choramingamos. Nosso amigo não era criminoso.

Por que ele não ia prender o dono da arma?

Por que ele não ia prender o irmão da dona Lurdinha, o Mata-Boy, chefe de segurança da Vinil, que só queria saber de bater em todo mundo?

Por que não ia prender o Arruda, que tinha brigado com o seu Bombinha por causa dos gatos da mãe, que arranhavam o carro, e ele não queria pagar o conserto? Por que ele não ia prender o Militone, que era traficante? Por que ele não ia prender um dos jogadores de futebol do prédio, já que eles estavam nervosos e brigando por nada? Por que ele não ia prender alguém, qualquer pessoa ruim?

O delegado tinha começado a falar com a gente, com muita paciência, explicando sobre suspeitos e pessoas de interesse para a investigação. Declarou que Luisão não era bem um suspeito, mas que ele poderia sumir novamente e... aí nós começamos a disparar nossos porquês e todos aqueles nomes. Aí ele abriu a boca, meio pasmo, depois fechou para abrir novamente e falar num vozeirão de delegado:

– Eu acho que vou é prender vocês todos!!!

Capítulo 11

O delegado mandou um policial levar as duas crianças pra tomar sorvete. Minha irmãzinha ficou injuriada e disse que também queria ser presa. Eu expliquei que ali ninguém ia ser preso, principalmente porque jovens têm uma delegacia especial, para onde talvez fôssemos transferidos. Corvo já falou que ninguém ali havia cometido delito e, portanto, ninguém iria para a Delegacia da Criança e do Adolescente.

O delegado fechou a porta atrás das crianças e encarou Corvo.

— Não é bem assim, meu rapaz. Vocês aventaram a possibilidade de algumas pessoas serem criminosas. Têm como provar?

Nesse momento Zach escoltou Pati para dentro da sala. O delegado quis saber onde ela estava. Zach gaguejou. Pati comentou que, como ia ser da polícia, sempre aproveitava para perguntar. O delegado fuzilou Zach com os olhos e o rapaz saiu rapidinho. Ela se sentou toda contentinha, até olhar pra nossa cara.

– O que é que está pegando?

Manu deu um sorriso amarelo pra Pati.

– Nadinha... só uns anos na Febem...

O delegado pigarreou e continuou. Vocês já ouviram falar em calúnia, difamação e injúria? Pepe digitou rapidamente e respondeu: artigos 138, 139 e 140 do Código Penal.

O delegado deu os parabéns para Pepe e começou a dizer que eram crimes e a discursar sobre as possibilidades de pena. Eu interrompi e disse que não estávamos acusando ninguém levianamente. Tudo o que dizíamos era baseado na investigação que estávamos fazendo desde a morte de seu Bombinha. Aí é que a situação ficou preta pro nosso lado. Ele berrou e vários policiais entraram. Em poucos minutos, estavam ligando para a casa e para o trabalho dos nossos pais. Eu tive certeza de que naquele ano eu não só ia perder o namorado, como as férias, a mesada, o direito de falar e existir. Nossos pais tentaram dizer que não sabiam da investigação. Sabiam, não sabiam. Sabiam que a gente tinha ido atrás do Luisão. Sabiam que eu fui até a casa do Arruda. Não sabiam do "Vinil". Mas ficaram sabendo, porque o Corvo contou naquele momento. Tudo, tudinho, e ainda declarou que o Mata-Boy e seus comparsas deviam estar todos na cadeia.

Gente, eu nunca pensei que podíamos nos meter numa confusão tão grande. O pai do Pepe, nerd como ele e o irmão, ficou muito zangado, porque o filho usou seu endereço de e-mail para conseguir informações. Ele não contou que Pepe também usou uns programas piratas do pai pra hackear... mas Pepe não era bobo e ficou foi de bico calado. Manu levou uma bronca "psi" da mãe. Nem moravam no prédio, a mãe tinha oferecido ajuda psicológica, mas ela não tinha sido sincera e a relação das duas sempre foi de sinceridade. E agora como iria ficar, como reconquistar a confiança dela? Pati teve que escutar a mãe dizer que largou a aula de ioga no meio para ir se estressar ali. Agora ela ia ficar com enxaqueca, e ia ter que se trancar no quarto escuro e tomar chá o dia inteiro pra recuperar o equilíbrio. Meu pai e minha mãe só olharam para mim e disseram: "Nena, você quer mesmo nos enlouquecer." Os mais equilibradinhos foram os pais do Corvo, que perguntaram ao delegado se havia algum fundamento nas nossas informações.

Acho... acho não, tenho certeza. O delegado ficou feliz com a pergunta. Tava louco pra saber o que a gente tinha descoberto e como, mas provavelmente tinha vergonha de perguntar. Como já tinha escurecido, ele decidiu marcar uma reunião informal, no dia seguinte, no salão do condomínio, com a presença de todos. Como era sábado, a reunião ficou para as 10 horas. Os pais grunhiram um pouco, mas toparam. Dali saímos todos, para voltar cada um pra sua casa. Provavelmente cada um para sua bronca particular. Mas, quem diria, o delegado nos salvou. Com aquele vozeirão de delegado, pediu:

— Não deixem os garotos se comunicarem e, por favor, não falem com eles sobre o assunto sem a minha presença.

Frustrados, nós nos entreolhamos. Frustrados também, os pais e mães se entreolharam. Só restava esperar pelo dia seguinte.

Quando chegamos em casa, minha mãe confiscou meu telefone. Mal sabia ela que, na delegacia mesmo, eu já tinha me despedido do Corvo com um abraço bem gostoso. Eles estavam tão preocupados com o dia seguinte que nem viram. Depois ela me disse, com uma cara muito séria:

– Maria Ângela, depois que este pesadelo acabar, eu e você precisamos ter uma conversa.

Eu respondi que claro, lógico, e fui pro quarto, alegando que ia estudar pra prova de segunda.

Béa ficou me enchendo a paciência pra saber o que ia acontecer no sábado de manhã. Eu falei que não podia dizer nada, porque a lei me impedia. Ela arregalou os olhos, assustada:

– Você vai ser mesmo presa?

Eu fiz "aloka" e não respondi. Ela saiu correndo, gritando pela mamãe. Às vezes eu gosto de tocar um terrorzinho pra ela aprender a deixar de ser tão enxerida. Mas eu acho que foi sendo enxerida que fiquei tão esperta!

Sábado, 9 horas, nosso café da manhã mais parecia um velório. Meu pai tinha feito panquecas, que eu amo, e estava enchendo de mel. Minha mãe tremia, com a xícara de café na mão. Meu pai repetia que eu tinha que ser avisada, pra não entrar na reunião desavisada. O papo todo de aviso me fez ficar engasgada. Mamãe mandou Béa ir buscar sua bolsa no quarto. Minha irmã cruzou os braços e fez bico. Ela já sabia que era desculpa pra ela não ouvir o papo. Mamãe falou brava:

— Maria Amélia!

Ela voou pra dentro. Meu pai revelou o que o preocupava. Nós tínhamos brincado com fogo. Se o assassino fosse mesmo alguém do prédio, podíamos estar em perigo. Eu engoli a panqueca e tentei parecer calma. Expliquei que então esse assunto deveria ser discutido com o delegado. Afinal, pelo que eu sabia, a polícia existia para nos proteger.

Béa chegou correndo com a bolsa, pra ver se ainda pegava algum restinho de conversa. Mas a gente já estava concentrada na comida. Ela, de birra, disse que as panquecas estavam ruins, que o suco de laranja estava azedo e que detestava todos nós. Aproveitei a confusão que ela aprontou pra resgatar meu celular.

Aleguei que o elevador estava demorando e fui pela escada. Claro que tinha combinado com a turma no terceiro andar. Todo mundo lá, decidimos que eu seria a porta-voz e que, qualquer coisa, nos comunicaríamos por texto. Todos se foram, e eu e Corvo ficamos namorando um pouquinho. Contei sobre minha mãe e a tal conversa que ela queria ter comigo. Corvo disse que, assim que tudo estivesse resolvido, ele ia comunicar que estávamos namorando. "Comunicar". Esse é o meu namorado. Um cara cheio de atitude. Irado. Muito irado mesmo.

Quando a gente chegou no salão, os pais já estavam lá. E o síndico. E o Arruda. E o Robertão, o porteiro novo. E o Moraes Bianco. E outros moradores. Todos muito zangados. Eu me escondi atrás do Corvo. Confesso que lembrei do papo da manhã sobre vizinhos assassinos e fiquei com um pouquinho de medo. Não. Fiquei com muito medo. Não. Fiquei apavorada.

Fechei os olhos, como se com isso pudesse ficar invisível, e só ouvia uma voz repetindo: "Se tem reunião, por que não fomos convocados? O que a polícia está fazendo aí fora? O que é que vocês estão escondendo de nós?"

Capítulo 12

No meio da confusão, apareceu o síndico com o delegado. Eu tive certeza de que aquela reunião dentro do prédio tinha sido a pior ideia do mundo. Parte dos suspeitos estava ali, e claro que eles estavam muito interessados em nós. Que papel estávamos representando ali, na frente do delegado? Testemunhas importantes que precisavam ser eliminadas, lógico! Meu pai me pegou pela mão, falou que, infelizmente, eu precisava estudar e que depois nós conversaríamos e já puxou minha mãe junto. Os pais dos outros tomaram a mesma decisão. Só quem ficou ali foi o pai do Pepe com o Pepe e um computador. O síndico explicou que o delegado tinha umas perguntas pra fazer sobre o prédio, os hábitos dos moradores e... isso quem nos contou foi o Pepe. O delegado explicou que estava focando nos adolescentes, que tinham os horários mais flexíveis. Se as pessoas engoliram a desculpa esfarrapada, eu não sei. Só sei que todos nós tivemos que ficar trancados em casa o sábado inteiro, falando só por telefone. No domingo, meu pai achou que era hora de uma reunião, que foi marcada na casa do Corvo. Nem de elevador nos deixavam andar sozinhos. Quem diria que a morte do seu Bombinha transformaria nosso prédio em prisão de segurança máxima!

O Pepe pai começou a reunião com um relatório que encontrou no computador do nosso amigo, Pepe filho. Ele listou nossos principais suspeitos e, por conta própria, se dispôs a verificar o álibi deles.

Nós ficamos sentados num canto, irritados, remoendo. Muito engraçado! Agora que já tínhamos feito o trabalho mais difícil, eles chegavam pra tomar conta da nossa investigação!

Só que muitos detalhes o Pepe tinha colocado numa pasta oculta. Tão oculta que nem o pai dele conseguiu achar. E aí o Pepe pai começou a fazer perguntas e os outros pais e mães também. Eu olhei pro Corvo, o Corvo olhou pra mim e nós sacamos que ainda estávamos controlando a situação.

— Peraí — eu falei. — Isso não é assunto pra polícia? Não seria melhor ligar pro delegado?

O Corvo pegou o celular e já começou a discar. A "tribo" dos pais logo começou a reagir, dizendo que não, que era melhor nós conversarmos antes e tal e coisa.

Foi aí que o interfone tocou. Era o delegado, pedindo pra subir. A ordem foi rápida. Todo mundo ia pra sua casa. Os pais receberiam o delegado e diriam que a mãe de Manu, psicóloga, havia aconselhado que nós deveríamos ser deixados em paz, porque tínhamos provas a semana inteira. Eles iam cobrar da polícia segurança para os filhos. Estavam cansados de tanta confusão e pouca eficiência. Queriam policiais no prédio, de olho nos acontecimentos e nos suspeitos.

Tudo isso foi feito. Íamos ter um pouco de paz, mas Luisão, tadinho, ainda estava na cadeia.

Na segunda-feira de manhã, só não foi mais hilário, porque não tinha espaço. Fomos para o colégio em dois carros, dirigidos por minha mãe e o pai do Corvo. Detalhe: a volta foi igualzinha. Aulas de judô, violão e outras estavam proibidas. Já imaginando que fossem tomadas essas medidas radicais, combinamos terminar a prova e nos encontrarmos na lanchonete. Precisávamos de pelo menos 15 minutos pra traçar novos planos.

Precisávamos tirar Luisão da cadeia e descobrir o dono da arma, portanto, o provável assassino. Com relação a Luisão, tínhamos que saber a quantas andava o *habeas corpus*. E, quanto ao dono da arma, uma informação bem pequena, que Pati conseguiu com o Zach, talvez nos levasse adiante.

Duas correntes se formaram, rapidamente, uma que queria tirar vantagem do que sabíamos, para conseguir regalias com os pais, a outra que era formada apenas pelo Corvo e por mim, que achava que devíamos ficar firmes e não revelar absolutamente nada, prosseguindo na nossa investigação. Não fomos voto vencido, porque Manu se juntou a nós. Aí começamos a dividir as tarefas que, nesse novo esquema de prisioneiros, passaram a ser um pouco mais difíceis de serem cumpridas. Mas ainda tínhamos celulares e computador.

Manu ficou com o *habeas corpus*. Corvo ia descobrir mais sobre os suspeitos. Pati, que trouxe a informação de que a arma tinha um registro muito antigo, de 1956, em Santa Catarina, ia ajudar Pepe no computador. Eu ia conversar com as famílias dos suspeitos, pra ver se conseguia mais pistas.

Corvo e eu marcamos uma operação conjunta, que envolvia o Jorge Militone. Se eu estava com medo? Lógico. Mas não tínhamos muita saída. Decidimos usar o truque de correspondência trocada. Corvo foi até a portaria e pegou cartas destinadas ao apartamento do Militone. Subimos os dois e tocamos a campainha. Uma das moças bonitas que estavam sempre por lá abriu a porta. Com a cara mais ingênua do mundo eu falei que tinham entregado a correspondência do seu Jorge na minha casa... A moça quis pegar da minha mão, mas eu declarei que preferia entregar pessoalmente. Ela me olhou como se eu fosse uma ET e disse que o Milinho só acordava depois das duas. Era meio-dia e eu não podia dizer que ia esperar. O plano tinha ido por água abaixo. Corvo tirou as cartas da minha mão e deu pra moça. Fomos embora, derrotados. Fiquei tão aborrecida que nem notei que Corvo estava sorrindo. Ele me mostrou uma foto no seu celular. Era um endereço. Maria Militone. No interior de São Paulo. Não entendi por que ele estava tão contente. Corvo explicou que provavelmente era carta de mãe, pois se fosse outra mulher, ia telefonar, mandar torpedo. Podíamos descobrir o telefone, pelo endereço, e ligar. Mãe sempre dá informações sobre o filho. Era um começo. Corvo é ou não é o máximo??? Ele foi pra casa terminar a pesquisa Militone. Eu fui pra minha, descobrir um jeito de abordar a família TV.

    Almocei e, por incrível que pareça, foi a minha irmã Béa quem me deu uma ideia incrível para eu chegar nos TVs! Ela ficou tagarelando sobre um programa, comentou que queria participar, perguntou se eu sabia como, pediu pra eu ligar pra um número e aí eu tive um estalo. Peguei Béa pela mão e parti pro elevador.

    Sentadas em frente à Sueli e ao Júnior, eu deixei a Béa falar sobre o tal programa um pouquinho e depois interrompi. Comecei a dizer que eles eram as únicas pessoas que eu conhecia que já tinham aparecido na TV. A Suely, toda metida, já disse que claro que ia conseguir todas as informações com o empresário dela. O Júnior, já querendo aparecer mais do que a irmã, declarou que achava que a Béa era muito pequena para o tal concurso. Os dois irmãos começaram um bate-boca que só terminou porque eu elogiei muito o último comercial deles. Papo vai, papo vem, enquanto Junior foi mostrar seu book pra Béa, falamos do seu Bombinha e eu disse que soube que a polícia estava cadastrando todos os moradores que tinham armas. Suely disse que o pai tinha umas duas e o Júnior, de longe, já gritou que o pai tinha pedido pra não falarem do assunto. Eu puxei a Béa, agradeci muito por tudo e fomos embora.

Em casa fiz um e-mail com o relatório da minha visita e mandei com cópias para todos. Pedi pro Corvo ir lá em casa mais tarde e comecei a estudar pra prova de inglês. Estava quase pegando no sono quando Béa falou que ia à padaria com a Vavá. Eu falei que tudo bem e já me joguei na cama pra cochilar. Nem sei se fechei os olhos, porque a campainha tocou. Fico uma arara com essa gente que sai e não leva a chave. Pior. Que sai, esquece alguma coisa e volta um minuto depois pra pegar. Fui abrir a porta, já reclamando da Vavá, mas quem entrou e fechou a porta foi o Jorge Militone. Ele me segurou pelo braço e me levou pra dentro. Olhou bem no meu olho e disse que eu podia ser muito espertinha pros outros, mas pra ele não passava de uma garota muito enxerida e que agora a gente ia conversar e colocar uns pingos nos is. E, se ele não gostasse do que eu ia contar, talvez ele me levasse pra fazer um passeio bem longe de casa. Não sei se perdi a fala de medo, de susto ou de falta de ar. Nossa... que inhaca aquele cara tinha!

Capítulo 13

Eu falei que ele não podia entrar na minha casa assim, que meu pai... Ele já cortou e falou que sabia muito bem dos horários da família e que tinha uns vinte minutos até minha irmãzinha voltar da padaria com a empregada. Gente, isso me assustou. Mais do que qualquer filme de terror. Ele continuou a falar. Ah, esqueci de dizer que falava com uma voz baixa e calma. Quer coisa pior do que alguém falar assim? Mas eu tinha me metido nessa confusão e agora não adiantava chorar. Precisava sair dela. O que é que ele queria? Saber o que nós, principalmente eu, tínhamos aprontado pra ter um carro de polícia 24 horas no prédio. Tentei brincar... "Ha, ha, ha... que coisa engraçada. Tem um carro de polícia? Nem percebi..." Ele segurou o meu braço com força. Falou ameaçadoramente que não estava achando graça e que também não tinha achado engraçada a visita ao seu apartamento. Eu jurei que eram as cartas trocadas. Ele sorriu e uma lágrima pulou do meu olho, depois outra, depois mais outra e aí a campainha tocou. Igualzinho a um filme de cinema, ele disse pra eu abrir a porta, sorrindo, e dizer para a pessoa ir embora.

Graças a Deus o traficante não sabia o que era amor. Quem estava lá fora era o Corvo, que nem esperou convite, entrou, já foi me beijando e fechando a porta e, quando viu o Militone ali na sala, encarou.

– Tá fazendo o que nesta casa?

Não é por nada, não, o Corvo só tem 15 anos, mas é alto e forte e é homem, né? Esses malvadões têm medo de homem, seja lá de que idade for. O Militone disse que já estava de saída, e saiu mesmo.

Eu dei mil beijos no Corvo e contei o que tinha acontecido e chamei ele de meu herói.

Corvo não quis tantas glórias. Falou que havia telefonado pra mãe do tal Jorge, que não era traficante... mas mantinha um cassino clandestino no apartamento. Pôquer. Apostas altas com clientes ricos. As mocinhas periguetes trabalhavam pra ele. Tudo isso meu namorado arrancou batendo papo por telefone com a mãe do Militone. Detalhe: a velhinha morria de orgulho do filho, que lhe dava vida mansa. Ela, inclusive, era dona da fábrica que fazia as fichas para o jogo.
Tava explicado o motivo da raiva do Militone. Com a polícia ali, o negócio dele tinha ficado prejudicado. Ou seja, era bandido, mas, provavelmente, não era assassino.

Corvo ficou preocupadíssimo com o fato de Jorge Militone entrar tão facilmente lá em casa. O perigo estava dentro do prédio e não fora. Do que adiantavam os carros de polícia, então?
Pedimos para os outros virem se encontrar conosco ali, mas juntos e pelas escadas. Não demos muitas explicações, pra não haver pânico. O irmão de Pati ficou de ir buscar Manu.

Às seis horas estávamos todos lanchando na cozinha lá de casa, traçando planos. Manu contou que o delegado ia liberar o Luisão no dia seguinte. Ele nem estava acusado de nada, nem precisou de *habeas corpus*. Foi detido para averiguações. Todos estávamos com medo de que acontecesse alguma coisa com ele, quando saísse. Eu ia pedir ao meu pai pra esperar o Luisão na saída, porque senão era capaz de ele sumir novamente. Pepe garantiu que poderia continuar dormindo em sua casa.

Como Béa estava ali, de ouvidos e olhos atentos, tentamos explicar, com meias palavras, a história do traficante, mas um telefonema da melhor amiga dela nos salvou. Béa foi à sala para falar e nós aproveitamos. Contamos da ameaça do marginal que, de traficante, virou dono de cassino ilegal. Claro que ele agora estava nas nossas mãos, mas, ao mesmo tempo, podia querer nos amedrontar pra gente não entregar seu "negócio da china" pra polícia.

Pati e Pepe descobriram que o registro da arma tinha sido feito nos anos 50, em Santa Catarina, por alguém de uma família Bernadini. Imagina achar, quase 60 anos depois, no nosso prédio, uma ligação com essa família! Mas o super-Pepe garantiu que era possível, sim, e que ia conseguir.

Eu contei também que, no nosso prédio, mais gente do que eu gostaria era dona de armas de fogo. Até o pai da família TV! Depois que tudo se esclarecesse, íamos fazer uma campanha interna pra obrigar todo mundo a jogar as armas fora. Que gente mais maluca!

Corvo, o meu fantástico namorado, disse que, depois que o Jorge Militone invadiu meu apartamento e me ameaçou, não podíamos mais deixar os pais e a polícia de fora. Ele ia descobrir, logo, logo, a conversinha de Corvo com a dona mãe Militone. Daí, tínhamos que contar pros adultos. Não era o assassino, mas era bandido. Até eu, que estava adorando ser a superdetetive, concordei.

Meu pai e minha mãe não entenderam nada, mas concordaram com a visita à família Corvo. Depois do jantar chegamos os três e nos sentamos na sala, com um ar muito formal.

A situação estava muito engraçada e ficou mais hilária ainda quando, logo no início da conversa, Corvo levantou e declarou:

– O assunto não é este, mas, já que estamos todos aqui, eu quero aproveitar pra dizer que eu e a Nena estamos namorando e vamos continuar namorando. Eu gosto dela e ela de mim. A cara dos quatro pais não dá pra descrever. Nem a minha, que não esperava pelo discurso. Não deu tempo nem para comentários. Corvo engrenou a segunda e já contou do Militone, da invasão, das ameaças, do jogo. O assunto era tão mais importante que o nosso namoro perdeu o primeiro lugar. Gente, eu amo o meu namorado. Ele é tudo de bom!!!

Combinamos a estratégia. Meu pai ia buscar Luisão e relatar ao delegado tudo sobre o bandidão dono de cassino. O cara ia ser preso, lógico. Menos um problema. Falei sobre a pesquisa do Pepe com relação à arma, mas isso não desviou a atenção deles do assunto principal. Eu e o Corvo levamos uma bronca. Não tínhamos nada que ter entrado nos apartamentos dos vizinhos, inventando pretextos, pra fuxicar a vida deles. Não éramos policiais e, por mais que gostássemos do seu Bombinha, não era nossa função descobrir quem o matou. Mas o fato de a gente ter procurado eles no momento em que a coisa ficou feia livrou um pouco a nossa cara.

Fomos embora e eu ainda ganhei um beijo de despedida, na frente de todos. No rosto, é verdade, mas um beijo de namorado.

Capítulo 14

he book is on the table, the book is on the table, the book is on the table. Fiquei repetindo esse mantra no caminho pra prova e em todo o tempo livre, pra só pensar no inglês e esquecer todos os outros problemas. Se eu bobeasse, meu pensamento voava pro Luisão, tadinho, aflito, sem nem saber que hoje ele ia sair da cadeia. Pensava na viúva de seu Bombinha, que devia dormir e acordar – se é que ela dormia –, achando que o assassino do marido nunca ia ser encontrado. Pensava no Corvo, que era o namorado mais maravilhoso do mundo. Pensava na droga da arma, pra que as pessoas inventam aquelas porcarias pequenas, que atiram balas menores ainda, capazes de matar um porteiro legal feito o nosso? Tão vendo? Por isso eu repetia: *The book is on the table*.

Na hora do recreio, a diretora veio me chamar. Tinha uma viatura de polícia na porta. Eles tinham vindo me buscar. Parece que queriam, mais uma vez, o meu depoimento. Pati e Manu queriam ir junto, mas não deixaram. A diretora falou que delegacia de polícia não era festa. Pedi pra elas avisarem pro Corvo. Já que meu pai ia pra lá mesmo, eu até ia gostar de pegar o Luisão junto com ele.

Entrei no carro de polícia, na parte de trás. Tinha um guarda na direção e um outro cara à paisana. Achei engraçado que o carro de polícia não tinha como abrir as portas traseiras e depois ri e pensei, lógico, eles devem transportar os suspeitos e não querem que eles fujam. Perguntei pro detetive, guarda à paisana, como era o nome dele. Quando ele olhou para trás e falou "Detetive Toledo", eu gelei. Será que era coincidência? Eu sabia que alguns policiais faziam bico de segurança, mas não sabia que o Mata-Boy era da polícia. Eu não sabia, porque ele não era. Olhei pro policial uniformizado, o cabelo dele era comprido demais. A Pati tinha contado que o Zach usava o cabelo curto porque era obrigatório. Policial uniformizado tem que manter um corte especial. Então. Então o quê, Nena? Você tá querendo se enganar? Você sabe perfeitamente o que está acontecendo. Esses homens não são da polícia e você está sendo sequestrada. E agora, vai fazer o quê???

A primeira coisa em que pensei foi em quebrar o vidro do carro. Mas o carro era de polícia e, se eu me jogasse de dentro dele e os caras atirassem ou me atropelassem, ninguém ia me acudir. Ou ia? Não, claro que não ia. Fugindo de polícia eu é que devia ser a marginal. Ninguém ia me ajudar. O plano era muito ruim. Além disso, não vi nada ali que servisse para quebrar um vidro.

Comecei a falar abobrinhas com o irmão da dona Lurdinha, possível assassino, fingindo ser um detetive de polícia. Falei do tempo, da prova de inglês, do tráfego insuportável, da sede:

— Será que não podíamos parar num posto para eu tomar uma coca? E ir ao banheiro? Eu precisava mesmo, estava morrendo de vontade...

A essa altura, a delegacia já tinha ficado para trás e os "policiais", a não ser que achassem que eu era uma idiota completa, já sabiam que eu estava fazendo teatro. O Mata-Boy enfiou a mão atrás e agarrou a minha mochila. Eu a segurei com força:

— Não... eu preciso dela. O material da prova de português está todo aí. Tenho que estudar. Tenho muitos trechos de literatura e...

Não colou. Ele agarrou a mochila e começou a remexer. Aposto que estava procurando o meu celular. Agradeci a Deus e ao meu pai o celular pequeno e fininho que ganhei de aniversário. Ele cabia no bolso da calça jeans. O meu medo era o Mata-Boy querer me revistar. Ele me encarou:

— Celular.

Encarei de volta.

— É proibido no colégio.

Ele e o policial deram uma risada. Lógico que eles sabiam que eu estava mentindo. Mas não insistiram. Fiquei olhando pra fora. Só sabia que estávamos na Linha Amarela. Quem sabe no pedágio eu ia poder gritar, pedir ajuda.

Olhei pro relógio do rádio do carro. Desde que os caras me tiraram do colégio, tinha passado só meia hora. Não sei quando iam descobrir que eu não estava na delegacia, nem em casa, nem em lugar algum. O pedágio chegou e eles passaram sem pagar, claro! Eu tava em pânico, rezando pro meu anjo da guarda, como minha avó tinha me ensinado. Mas não sei se um anjinho ia segurar a barra daqueles caras ali. Se eu ao menos conseguisse pegar o celular e mandar um texto. Não adiantava sonhar. O Mata-Boy estava olhando pra mim o tempo todo. Eu mal podia me mexer. Mas precisava fazer alguma coisa. Qualquer coisa.

Nem tive tempo. O carro pegou uma saída e depois uma rua estreita e em seguida uma ladeira. Pararam o carro de polícia em uma esquina e continuamos a pé até uma casa simples, mas bem cuidada. Mata-Boy mandou eu ficar bem quietinha, tirou o celular do meu bolso e guardou no dele. Entrou na casa e começamos a subir uma escada externa. Uma voz de velho perguntou:

— Wesley, é você, meu filho?

Ele disse que sim e avisou ao pai — é, até marginal tem pai — que tinha uma reunião com o sócio e depois descia. Aí o pai respondeu que Lurdinha estava ali. Meu coração deu saltos de felicidade. Lurdinha. Dona Lurdinha, irmã do Mata-Boy, mulher do seu Bombinha, minha amiga!!! Não tive dúvidas, berrei o mais alto que consegui:

— DONA LURDINHA, SOU EU, A NENA!!!

Se olhar matasse eu não estaria viva para terminar de contar essa história, mas como não mata... Quinze minutos depois eu estava sentada à mesa, conversando com seu Washington, pai de dona Lurdinha e do Wesley Mata-Boy, tomando refresco e comendo bolo. O seu Washington era um velhinho, bem velhinho e simpático. Dona Lurdinha sempre foi um amor. Não sei de onde a ruindade do Mata-Boy veio. Aliás, ele estava sentado num banco com a maior tromba. Talvez porque a irmã tivesse dito que iam acertar as contas depois. Que ele dessa vez ia se ferrar. Ele jurou que não tinha feito nada, que me trouxe ali para falar com ela e queria que eu confirmasse. Fiquei caladinha e só estendi a mão para ele me devolver o celular e a mochila.

Liguei pro meu pai e dei o endereço. Pedi pra ele vir buscar a mim e a dona Lurdinha, e disse que explicava tudo depois. Levei uma bronca, mas preferi ficar quieta e não retrucar. O seu Washington começou a tossir muito e o Wesley falou que ia pegar o remédio no quarto. Pois é. Meu pai chegou e nos levou pra casa. E o Wesley não voltou com remédio nenhum.

Dona Lurdinha contou pros meus pais o que tinha acontecido. Tim-tim por tim-tim. Do jeito dela. Como seu irmão não valia nada, que foi Deus quem mandou ela ir visitar o pai naquele dia... o que a gente não sabia era por que o Mata-Boy tinha me sequestrado, mas a polícia foi até a Vinil e eles descobriram tudo.

Alguém nos viu no dia em que eu e o Corvo fugimos da Vinil à noite. Me reconheceram e o Mata-Boy queria saber o que eu tinha descoberto sobre ele e seus negócios. E aí o delegado contou pros nossos pais sobre a Vinil e sobre os negócios do Mata-Boy, que envolviam venda de "pílulas" na noite para jovens – inclusive jovens menores de idade, que nem deviam frequentar boates.

Minha mãe olhou pra mim e fez a cara mais zangada que eu vi em toda a minha vida.

— E você foi a essa boate escondida, sozinha, MARIA ÂNGELA?!
Eu respondi beeem baixinho.
— Fui na boate, não. Quer dizer, fui, mas não fui. Só fui no escritório e... sozinha, não, mãe. O Corvo foi comigo.

Capítulo 15

Não adiantou nada o Corvo e eu nos defendermos, dizendo que nossas atitudes, apesar de perigosas, levaram à prisão não só de um, mas de dois bandidos que moravam e trabalhavam pertinho da gente. Pais e mães não gostam disso. Não ficam orgulhosos de filhos heróis. Vai entender. No colégio, claro, viramos "os caras". A nossa turminha também passou a ser considerada a mais "quente". Em casa nós só víamos tromba e olhares beeem feios. Minha mãe contava os dias pras férias começarem. Tudo o que ela queria era me enfiar num avião e me mandar pra Bahia. Lá, na casa da minha avó, numa praia tranquila, eu não ia poder enfrentar traficantes, donos de cassinos, sequestradores, seguranças do mal. Corvo, por sua vez, ia estudar inglês fora. Nosso amor não ia acabar porque, graças ao nosso mundo moderno, existia internet e suas mil maneiras de comunicação à distância.

As investigações da morte do seu Bombinha prosseguiam sem nosso conhecimento. Luisão estava trabalhando novamente, mais tranquilo e amigão, como sempre. Pati, supertriste porque o Zach tinha sido transferido pra outra delegacia. Manu e Pepe, quem diria, tinham começado a ficar, e logo depois a namorar. Pra alguma coisa aquela confusão toda tinha servido. Eu estava muito mal porque o pobre do seu Bombinha continuava morto e, seu assassino, livre. Isso não era justo. Mas uma luz apareceu no fim do túnel... fraquinha, mas já ajudou. Na hora da saída, Pepe reuniu a galera e comunicou que tinha descoberto a origem da arma e a família que a herdara. Ficamos tensos, esperando a revelação. Ele revelou e nós saímos dali correndo para bater à porta do dono da arma.

    Adulto está certo quando diz que adolescente não aprende. A gente é teimoso mesmo.

Tinha que ter ido à polícia com a informação, mas é que não conseguíamos ver o dono da arma na pele de um criminoso. Eu, pelo menos, que convivia com ele, não acreditava que ele fosse capaz de fazer mal a uma mosca.

Manu, Pepe, eu, Corvo e Pati estávamos sentados na sala, enquanto João Miguel "matava" as filhas dele de cócegas. As duas gêmeas de quem eu tomava conta de vez em quando. Ele disse que tinha acabado de chegar de viagem e que estava morrendo de saudades. A mulher dele veio com um lanchinho para nós e as meninas se penduraram em mim. O casal, muito simpático, se sentou e perguntou o que a gente queria.

Imagina a situação. A gente ia ter a cara de pau de perguntar "Hello... a arma que você herdou do seu tio-avô matou o seu Bombinha... por acaso você é o assassino, João Miguel?". Não dava, né? Aí o Corvo começou a fazer um questionário, inventou que era para um trabalho do colégio sobre desarmamento. Deu voltas e o João Miguel falou, na boa, sem problema que sim, tinha uma arma antiga, que nem estava ali, e de repente parou e ficou sério.

Pediu pra mulher levar as filhas dali e olhou pra gente, encarando.

— O que é que vocês têm pra me dizer, de verdade?

Eu tomei coragem e falei:

— A sua arma matou o seu Bombinha.

João Miguel fez uma cara tão desesperada que deu até pena... depois ele colocou o rosto entre as mãos e chorou. Eu nunca tinha visto um homem adulto chorar. Acho que nenhum de nós tinha. Nossa, doeu ver. Foi triste demais. Aí ele enxugou as lágrimas e falou:

— Eu preciso ir à polícia.

Mais uma vez, a gente levou a situação quase até o final e... na hora da verdade nos dispensaram. A vida não é justa! Ele saiu e ficamos ali com cara de bobos. Quando a mulher dele voltou, demos uma desculpa esfarrapada e saímos também. Fomos pro play, onde tudo tinha começado. Aliás, eram quase sete horas, mesma hora em que eu tinha encontrado seu Bombinha. Sentamos lá e ficamos sem ter o que falar por um tempo. Pati quebrou o silêncio, dizendo que achava que assassinos não choram. Manu emendou com "nem brincam com filhos". Corvo disse que era impossível. Devia haver algum engano. Eu fiz coro. João Miguel não podia ter matado nosso porteiro.

Não demorou muito o parquinho foi invadido pelo delegado, policiais, João Miguel, o doutor Mendes e o advogado. O delegado mandou a gente sair dali. Eu fiquei muito brava e resolvi peitar. Disse que a gente tinha se esforçado pra encontrar o criminoso e tinha ajudado a polícia a prender dois bandidos. Tínhamos o direito de saber o que estava acontecendo. E mais, não acreditávamos que o João Miguel... aí ele olhou pra mim e sorriu. Um sorriso meio triste, mas um sorriso. Ele falou que não era culpado pela morte do seu Bombinha, mas tinha culpa. A polícia ia concluir as investigações, mas a gente podia ir pra sala do condomínio conversar, se o delegado permitisse. O delegado fez cara de mau, mas acabou deixando.

O nosso grupinho foi o primeiro a saber das notícias que à noite estavam no jornal da televisão. Sabem quem matou o nosso porteiro? Ninguém matou o seu Bombinha. Ninguém!

O João Miguel contou toda a história, desde o comecinho. Ele herdou mesmo uma arma do tio-avô. Nem se lembrou dela, por muito tempo. Só que sofreu um assalto e ficou com tanta raiva e medo que resolveu começar a andar armado. Como seu Bombinha era militar reformado, foi pedir pra ele uns conselhos sobre sua "herança". Queria saber como ver se a arma estava funcionando, onde comprar munição e tudo mais.

Enquanto contava sua história, João Miguel foi ficando muito envergonhado. Acho que lembrou da nossa campanha na época do desarmamento. Ele comentou que agora sabia que tinha feito uma grande besteira, mas, se tivesse imaginado o que poderia acontecer...

Resumo: seu Bombinha pediu pra ver a arma, declarou que ele mesmo ia cuidar de restaurar, de limpar, de ver munição, ele gostava muito de armas. João Miguel deixou a arma com ele e esqueceu do assunto. Aí entrou a dona Lurdinha, que detestava armas. Seu Bombinha pegou o costume de ir mexer na arma ao entardecer, no play. E era isso que ele estava fazendo no domingo em que morreu.

A polícia descobriu que a arma disparou e pulou da mão dele caindo no buraco sem fundo. A flanela suja de óleo era ele que estava usando. A arma já devia estar prontinha pra devolver pro João Miguel, que por coincidência viajou no dia seguinte do acidente e não ficou sabendo de muitos detalhes. Ah… e o pregador, a nossa primeira pista, era mesmo quente! Era da netinha do seu Bombinha e estava no bolso dele. Deve ter caído quando ele tirou a flanela.

Enfim, a história acabou tendo um final feliz, ou melhor, "menos infeliz", porque agora a gente sabia que não tinha nenhum assassino entre os nossos vizinhos. Só pro seu Bombinha é que tudo acabou mesmo muito mal.

E eu, apesar de nunca mais ter comido balas vermelhas, consegui muitos beijos e um namorado bacana.

Epílogo

Pois é. Eu preciso contar pra vocês a história do apelido do nosso porteiro. Uma vez, na época de São João, o seu Cristóvão – nome verdadeiro do seu Bombinha – pegou a gente soltando bombinhas na garagem, debaixo de baldes, pra fazer muito barulho. A gente devia ter uns 10 anos. Ele juntou todos e deu a maior bronca, com lição de moral e queixa aos pais, que nos colocaram de castigo.

A teoria dele era que bombinhas eram perigosas. No seu tempo de criança, um amigo perdeu três dedos da mão soltando bombas de São João; outro ficou surdo, quando soltaram várias bombinhas do lado de seu ouvido. Eu acho que ele exagerou nas histórias, mas entendemos seu ponto de vista. Todo mundo tem medo que criança se machuque brincando com fogos, com fósforo, com coisas perigosas.

Depois desse dia, começamos a chamar o seu Cristóvão de seu Bombinha.

E agora, eu fico aqui pensando. Será que ele não sabia como era perigoso mexer e "brincar" com armas? Sim, porque, se ele gostava de armas, pra ele, elas eram diversão, brinquedo... assim como carros e velocidade são pra outros homens.

Adultos são ótimos para dar conselhos. Mas esquecem que, quando não são mais crianças, os perigos são outros, mas continuam existindo. E seu Bombinha morreu à toa, só porque estava lá, todo contente, mexendo com uma arma de fogo. Que desperdício!

Impressão: Gráfica JPA